莎莉
梅普露的死黨，
能躲避任何攻擊。
麻衣
全點攻擊的新手，
結衣的姊姊。
結衣
全點攻擊的新手，
麻衣的妹妹。
伊茲
在攻略第七次活動中

「大海好美喔……」
「真想看看夕陽，可惜這裡的時間應該不會改變。」
望著遠方燦爛的水平線，
兩人放鬆身心，紓解疲勞。
在第四層魔王背上

EQUIPMENT Guillotine / Ghost Citadel / Bloody Skull / Bloody White Armor / Robustness Ring / Citadel Ring / Defense Ring

Kuromu's STATUS

Lv73 HP 940/940

MP 52/52

[STR 130] [VIT 180]

[AGI 30] [DEX 30]

[INT 20]

Kanade's STATUS

Lv46 HP 335/335

MP 290/290

[STR 15] [VIT 10]

[AGI 70] [DEX 50]

[INT 110]

EQUIPMENT Wisdom of Gods / Suit of Diamond Casquette / Coat of Intelligence / Leggings of Intelligence / Boots of Intelligence / Suit of Spade Earrings / Wizard Glove / Holy Ring

怕痛的我，把防禦力點滿就對了

夕蜜柑

[插畫] 狐印

7

Welcome to "NewWorld Online".

Kadokawa Fantastic Novels

CONTENTS

All points are divided to VIT.
Because
a painful one isn't liked.

0850 1048 4070 7603

NewWorld Online STATUS

NAME 梅普露 Maple

Lv 54

HP 200/200 MP 22/22

STATUS

STR 000 VIT 13710 AGI 000 DEX 000 INT 000

EQUIPMENT

新月 skill 毒龍 | 闇夜倒影 skill 暴食 | 黑薔薇甲 skill 流滲的混沌 | 感情的橋樑 | 強韌戒指 | 生命戒指

SKILL

盾擊 步法 格擋 冥想 嘲諷 鼓舞 沉重身軀 低階HP強化 低階MP強化 深綠的護祐 塔盾熟練Ⅵ 衝鋒掩護Ⅳ 掩護 抵禦穿透 反擊 快速換裝 絕對防禦 殘虐無道 以小搏大 毒龍吞噬者 炸彈吞噬者 綿羊吞噬者 不屈衛士 念力 要塞 獻身慈愛 機械神 蠱毒咒法 凍結大地 百鬼夜行Ⅰ 天王寶座 冥界之緣

6892 1179 0606 0847

NewWorld Online STATUS

NAME 莎莉 Sally

Lv 52

HP 32/32 MP 130/130

STATUS

STR 100 VIT 000 AGI 170 DEX 045 INT 060

EQUIPMENT

深海匕首 | 水底匕首 | 水面圍巾 skill 幻影 | 大海風衣 skill 大海 | 大海衣褲 | 死人腳 skill 步入黃泉 | 感情的橋樑

SKILL

疾風斬 破防 鼓舞 倒地追擊 猛力攻擊 替位攻擊 快速連刺Ⅴ 體術Ⅶ 火魔法Ⅲ 水魔法Ⅲ 風魔法Ⅲ 土魔法Ⅱ 闇魔法Ⅱ 光魔法Ⅱ 中階肌力強化 中階連擊強化 中階MP強化 中階MP減免 中階MP恢復速度強化 低階抗毒 低階採集速度強化 匕首熟練Ⅸ 魔法熟練Ⅲ 異常狀態攻擊Ⅶ 斷絕氣息Ⅲ 偵測敵人Ⅱ 躡步Ⅰ 跳躍Ⅳ 快速換裝 烹飪Ⅰ 釣魚 游泳Ⅹ 潛水Ⅹ 剃毛 超加速 古代之海 追刃 博而不精 劍舞 金蟬脫殼 操絲手Ⅵ 冰柱 冰凍領域 冥界之緣

0557 4654 3729 1094

NAME 克羅姆 HP 940/940 MP 52/52 LV 73

STATUS

STR 130 VIT 180 AGI 030 DEX 030 INT 020

EQUIPMENT

斷頭刀 skill 生命吞噬者 | 怨靈之牆 skill 吸魂 | 染血骷髏 skill 靈魂吞噬者 | 染血白甲 skill 非死即生 | 頑強戒指 | 鐵壁戒指 | 防禦戒指

SKILL

突刺 屬性劍 盾擊 步法 格擋 大防禦 嘲諷 鐵壁姿態 護壁 鋼鐵身軀 沉重身軀 高階HP強化 高階HP恢復速度強化 中階MP強化 深綠的護祐 塔盾熟練X 防禦熟練X 衝鋒掩護X 掩護 抵禦穿透 反擊 防禦靈氣 防禦陣形 守護之力 塔盾精髓VI 防禦精髓V 毒免疫 麻痺免疫 高階暈眩抗性 睡眠免疫 冰凍免疫 高階燃燒抗性 挖掘IV 採集VII 剃毛 精靈聖光 不屈衛士 戰地自癒 死靈淤泥

1121 6511 1627 4925

NAME 伊茲 HP 100/100 MP 100/100 LV 58

STATUS

STR 045 VIT 020 AGI 080 DEX 210 INT 065

EQUIPMENT

鐵匠鎚·X | 鍊金術士護目鏡 skill 搞怪鍊金術 | 鍊金術士風衣 skill 魔法工坊 | 鐵匠束褲·X | 鍊金術士靴 skill 新境界 | 藥水包 | 腰包 | 黑手套

SKILL

打擊 製造熟練X 工匠精髓VI 高階強化成功率強化 高階採集速度強化 高階挖掘速度強化 低階增加產量 中階生產速度強化 異常狀態攻擊III 躡步V 望遠 鍛造X 裁縫X 栽培X 調配X 加工X 烹飪X 挖掘X 採集X 游泳VI 潛水VII 剃毛 鍛造神的護祐X 洞察

3030 8825 2743 3535

NAME 奏 HP 335/335 MP 290/290 LV 46

STATUS

STR 015 VIT 010 AGI 070 DEX 050 INT 110

EQUIPMENT

諸神的睿智 skill 神界書庫 | 方塊報童帽·VIII | 智慧外套·VI | 智慧束褲·VIII | 智慧之靴·VI | 黑桃耳環 | 魔導士手套 | 神聖戒指

SKILL

魔法熟練VII 快速施法 中階MP強化 中階MP減免 高階MP恢復速度強化 低階魔法威力強化 深綠的護祐 火魔法V 水魔法III 風魔法VII 土魔法V 闇魔法III 光魔法VI 魔導書庫 死靈淤泥

Welcome to "NewWorld Online"

2128 0779 2864 5999

NAME 霞 HP 435/435 MP 70/70 Lv 68

STATUS

STR 190 VIT 080 AGI 090 DEX 030 INT 030

EQUIPMENT

蝕身妖刀・紫 櫻色髮夾 櫻色和服 靛紫袴裙 武士脛甲 武士手甲 金腰帶扣 櫻花徽章

SKILL

一閃 破盔斬 崩防 掃退 立判 鼓舞 攻擊姿態 刀術X 一刀兩斷 投擲 威力靈氣 高階MP強化 中階MP強化 中階攻擊強化 毒免疫 麻痺免疫 高階暈眩抗性 高階睡眠抗性 中階冰凍抗性 高階燃燒抗性 長劍熟練X 武士刀熟練X 長劍精髓Ⅳ 武士刀精髓Ⅳ 挖掘Ⅳ 採集Ⅵ 潛水Ⅴ 游泳Ⅵ 跳躍Ⅶ 剃毛 望遠 不屈 劍氣 勇猛 怪力 超加速 常在戰場

5615 1896 1080 8803

NAME 麻衣 HP 35/35 MP 20/20 Lv 40

STATUS

STR 375 VIT 000 AGI 000 DEX 000 INT 000

EQUIPMENT

破壞黑鎚・Ⅷ 黑色娃娃洋裝・Ⅷ 黑色娃娃褲襪・Ⅷ 黑色娃娃鞋・Ⅷ 小蝴蝶結 絲質手套

SKILL

雙重搥打 雙重衝擊 雙重打擊 中階攻擊強化 巨鎚熟練Ⅶ 投擲 遠擊 侵略者 破壞王 以小搏大

5272 0557 2241 2738

NAME 結衣 HP 35/35 MP 20/20 Lv 40

STATUS

STR 375 VIT 000 AGI 000 DEX 000 INT 000

EQUIPMENT

破壞白鎚・Ⅷ 白色娃娃洋裝・Ⅷ 白色娃娃褲襪・Ⅷ 白色娃娃鞋・Ⅷ 小蝴蝶結 絲質手套

SKILL

雙重搥打 雙重衝擊 雙重打擊 中階攻擊強化 巨鎚熟練Ⅶ 投擲 遠擊 侵略者 破壞王 以小搏大

Because a painful one isn't like

Welcome to "NewWorld Online"

序章

本條楓受到好友白峰理沙之邀，兩人化名為梅普露與莎莉，進入ＶＲＭＭＯ遊戲「NewWorld Online」，結伴探索了形形色色的地方。

新開的第六階地區是恐怖主題區，讓非常害怕鬼怪的好搭檔莎莉只嘗試一次就嚇得六神無主，再也不敢靠近。

後來官方舉辦了以攻塔為主題的第七次活動，好久沒有跟莎莉一起探險的梅普露便邀她同行，開始了只有她們倆的攻塔行。

目標是無傷攻破最頂層第十層。

完成最高難度的塔，能獲得活動專屬獎勵和五枚銀幣，配上第四次活動贏得的五枚銀幣，可以換一個新技能。無傷通關是兩人組隊時立下的目標，她們也因此懷著滿滿鬥志踏入塔中。

一樓的遊蕩怪，就已表現出堪稱最高難度的水準，每個都不是省油的燈。但也只能拖延她們的腳步，打不倒她們。

以沙為武器的龍型魔王怪，即使擁有強力噴吐並利用其龐大身軀攻擊，遇上梅普露帶著一大堆配置於房中，專門用來打王的爆炸岩衝進牠嘴裡，也一樣不堪一擊。即使皮硬的本來就是要從體內下手，她的特殊攻擊仍打出了超乎想像的傷害。

一舉突破第一層後，乘勝進入第二層的兩人左右不再是石牆，而是排滿了書且直達天花板的書架。這層的怪物當然也幾乎是偽裝成書，或是以綑綁為攻擊手段，和第一層很不一樣。但無論它們再怎麼阻擋，也傷不了她們半分。莎莉在梅普露的【獻身慈愛】保護下，一般怪物根本拿她沒轍。

可是魔王怪就另當別論了。魔王不愧對它的巨書造型，反覆奪取梅普露的技能，逼得她們暫時撤退。

然而她們故意讓魔王搶奪梅普露負面效果重的技能，突顯出防禦力不夠高時就會有的弱點，總算成功消滅了魔王。

梅普露和莎莉分別在第一、二層針對弱點攻破魔王後，由於還有很多技能沒用掉，便如進入第二層時一樣，帶著必勝決心攻進第三層。

祈禱著這次能痛快地一次成功，兩人向前邁進。

第一章 防禦特化與高塔第三層

來到第三層後，布展在兩人面前的是與先前不同的寬敞空間、凹凸不平的岩壁和熾紅岩漿。

「這層的感覺也很不一樣耶，莎莉。」

「是啊……看來不全都是通道，還有很多不同路線可以走。」

「一條一條走走看吧？」

莎莉還在觀察環境時，梅普露先出發了。

結果腳下噗一聲噴出的岩漿，將她的腳燒得滋滋響。

HP也扣了一點點。

「「啊……！」」

兩人錯愕得愣在原地。

知道扣血了的梅普露急忙往後跳，回到莎莉身邊。

「咦？咦？」

「對了！梅普露，檢查技能！」

慌張的梅普露隨莎莉這一喊想起第二層魔王奪走過她的技能，但檢查的結果是技能都回來了。

「呃，有、有喔！防禦力沒少！」

「咦？唔、嗯……？不行，先冷靜一下……」

莎莉對自己這麼說並作個深呼吸，輕點著頭做出非常單純的結論。

「應該是會無視防禦，造成固定傷害的地形吧，畢竟傷害不多。啊……知道是火山地形以後，其實一開始就要注意這點了。」

「扣20滴血的樣子。對妳來說……好像不躲不行？」

「就是啊……還滿痛的。可是梅普露，妳看。」

莎莉指的是先前梅普露受傷的地方。

地面上的裂縫稍微發紅，然後噴出岩漿。

預兆很明顯。

「這樣啊……仔細看就能躲掉了吧！」

「過窄路的時候，可能還要注意牆壁喔。再來要注意的就是怪物類型了。」

聽到這裡，梅普露不知想起什麼，突然露出很哀怨的表情。

沒錯，兩人無傷通關的目標已經破功了。

「我……受傷了……打王都撐過去了說！」

「嗯～那就……地形或陷阱不算？呵呵，妳想嘛，地形嚴格來說不算怪物。」

莎莉乾笑著提出折衷方案，梅普露閉上眼唔唔唔地掙扎。

「那就……不算！努力不被怪物打傷就好！啊，不過我還是會注意看地面喔！」

梅普露說完換上黑色裝備，表情更有鬥志。

「好，那就走吧。看來這附近沒有怪物的樣子。」

「視野這麼好真是太方便了！」

「警衛我來當，一隻也別想跑。」

兩人重新往第三層邁進。

梅普露加倍小心看地面，莎莉仔細環視周遭。

她們面前有三條路，可見範圍內都是差不多的岩壁。

「梅普露，走哪條？」

「……中間的感覺中途可以接到左邊或右邊，走中間吧！」

「嗯，那就走吧。」

梅普露舉起盾，莎莉在【掩護】範圍內四處查看。

如此一邊躲避腳下岩漿一邊沿路前進片刻，又來到一處寬敞空間。

「梅普露，停。有東西。」

「嗯……啊，真的耶！牆壁有岩漿流出來，保護色害我沒看到……跟一樓的火鳥不

太一樣呢。」

梅普露手架在額頭上瞇眼看，見到一群約一公尺大的鳥型怪物滴著岩漿飛來飛去。

岩漿鳥似乎是跟牆上岩漿一起湧出，恐怕不容易阻止其增生。

「鳥滴下來的岩漿可能也有固定傷害，要躲開喔。」

「知道了，到時候就這樣！」

梅普露將盾牌舉到頭上當傘。

兩人討論一會兒，決定戰鬥後看準時機跳出去。

「【冰柱】……嗯嗯？」

莎莉像平時一樣造出冰柱，想跳到岩漿鳥上方時停了下來。

因為冰柱瞬間融解，失去作用。

「不能用冰嗎……那水怎麼樣。」

莎莉的水魔法準確命中岩漿鳥，構成翅膀的岩漿逐漸變黑硬化而無法飛行，摔在梅普露面前。

「怕水耶！可是話說回來……我又不會用水。【全武裝啟動】【開始攻擊】！」

指向地上鳥怪的砲口一一擊發，只不過是小嘍囉的岩漿鳥無力回天，瞬間消失。

「還有，上面！」

梅普露向上開火，但子彈都只是穿過飛鳥，沒有造成傷害。

「奇、奇怪？沒用？」

「好像要水屬性攻擊才行，我打下來給妳打。」

「嗯，拜託啦！」

一旦落在她們面前，就再也別想飛起來了。

儘管類型與一、二層都不同，這水準的怪物正適合讓她們了解這層怪物的性質。

兩人輕易殲滅岩漿鳥群後重新環視周遭。

牆上噴出的岩漿流得像瀑布一樣，照得岩壁與頂部一片金燦。

梅普露在岩漿畔蹲下，遠眺有如岩漿之海的場地。

她當然沒有伸手去碰，就只是在現實中應該無法這麼接近，讓她很想仔細看看噗噗冒泡的岩漿。

「平常的確是看不到呢……嗯……看一下是無所謂吧。」

莎莉警戒四周之餘，也跟隨梅普露欣賞遊戲外看不到的景象。

不停流洩的岩漿瀑布，堆積出這片火山口般的熾紅岩漿海。即使地城位在塔內，洞頂卻受到滾滾煙霧和熱氣遮掩扭曲，看不清楚。莎莉忽而想起，在不可能之處見到不可能的景象，也是這NWO的醍醐味。

漸漸地，此後的階層在她眼中不再只是單純的攻略目標，還多了點憧憬。

「不曉得第四層是什麼樣喔？」

「網路上好像還沒有消息……不過照現在看來，也有可能不只有走廊，如果能讓糖漿自由飛行就好了。」

「我也希望能這樣。不用注意地形傷害真的很輕鬆！」

巨大化的糖漿還能在這個廣場飛，可是接下來的通道就窄得進不去了。既然在第三層上不了天，就只能警戒著地面小心前進。

在兩人想像下一層時，岩漿鳥又從瀑布中湧出，提醒她們這裡是戰鬥區域。

發現鳥重生後，梅普露視線離開岩漿，往鳥望去。

「啊，莎莉！鳥又出來嘍？」

「不管了吧……梅普露！」

「咦？哇！」

莎莉的大叫讓梅普露的視線移回岩漿，發現不知何時多了條鱗如火泥的魚型怪物，朝她吐出一團岩漿。

嚇得她急忙揮盾，用【暴食】吞噬岩漿團。

魚怪還啪唰一聲跳出岩漿海，長約一公尺且帶著烈火的巨大身軀往梅普露撲過來，結果同樣被盾牌吞噬了。

「嚇、嚇我一跳……」

「我也是。注意力被鳥引開都沒發現……對不起喔，真的好險。」

「沒關係啦。好了，我們快趕路吧！趁鳥還沒發現我們！」

梅普露緊盯著岩漿海站起來，稍微後退再往下個通道跑。

「……那塊盾真的有夠強的。」

最近梅普露攻擊手段變多，對【暴食】的依賴不再那麼重，但那依然十分適合梅普露使用。可吞噬一切的力量不只能用來攻擊，像剛才那種緊急狀況也能保護她不受傷害。

莎莉追上梅普露的同時，也再度對她的強大有所感慨。

「那裡！進通道吧！」

「ＯＫ～！」

兩人沒有引起新出現的岩漿鳥群注意，跑進通道喘一口氣。

「呼……這裡不曉得怪會從哪跑出來，很難慢慢來耶！」

梅普露回頭這麼說。比起廣場，通道裡比較沒有怪物可藏身的地方，堪稱相對安全。

「基本上怪物是愈高層愈麻煩愈奇怪，也要注意穿透攻擊跟固定傷害喔。再來就是封印技能之類的吧。」

莎莉再告訴梅普露，治療之類的輔助技能經常是封印的對象。

「真的比直接打過來麻煩很多呢。」

「可以的話，最好是盡量避開那種怪……重點是戰鬥的時候要看清楚。」

「嗯，我會的！」

兩人邊走邊說，小心查看下一個廣場。

這次整片都是每隔一小段時間就會到處噴發岩漿的危險區域。

散發紅光的岩漿甚至衝到洞頂，看得兩人面面相覷。

「莎、莎莉，這邊要怎麼過？」

「我是覺得有妳在就能硬衝過去啦……不過那好像不是正確過法。」

於是莎莉跟梅普露進行各種檢驗，結論是就算整個廣場都會造成固定傷害，只要梅普露用【獻身慈愛】保護莎莉，莎莉替梅普露補血，應該可以硬衝過去。

「不然就是找別條路了……【水球術】！」

莎莉仿照岩漿鳥那時往地面丟水魔法，並不能阻止岩漿噴發。

梅普露看她施法時還以為應該要這麼做，難掩失望。

「唔……不行啊……」

「怎麼辦？要硬衝嗎？」

「嗯……我想走人家設計的路線耶。每次都靠【獻身慈愛】不太好，我也不想受傷！」

「也對。要是半路上有二樓魔王那樣會封印或搶技能的怪就完了。」

「所以那個，其他地方找得到解法嗎？」

「總之回頭看看其他路線吧。路上也有幾個岔路，每個角落都看一遍怎麼樣？」

「好哇！唔……可是要先回到剛剛那裡耶。」

難得沒有吸引到怪物注意卻要前功盡棄，梅普露顯得很遺憾。

現在她的目標是零戰鬥傷害通關，需要盡量避免與可能造成固定傷害的怪物交戰。

「其他地方恐怕也是多到妳怕喔。」

「唔唔唔，那就先把道具準備好！」

梅普露從道具欄取出能造成水傷害的球，緊緊抓住。

「妳真的買了好多道具喔……」

「呵呵呵，很好用的喔！」

兩人就這麼決定掉頭了。

兩人沿原來通道往回走，在返回廣場前挑一條岔路進去，並查看在廣場飛來飛去的怪物是否也飛進了通道。

「……好像沒問題？」

「是啊，這樣就不太需要顧背後了。」

「除了這條路以外……還有其他岔路吧？」

「只能一條一條看了。嘿……現在地形變得不太一樣，要小心地面喔，梅普露。」

這裡和先前感覺會噴岩漿的通道不同，是黑曜石的質感。

「嗯，沒問題！嗯～有點下坡耶。」

莎莉跟著這句話查看地面，的確是有點坡度。

將通往不同場地的預感，使兩人警戒又雀躍地前進。如此穿過通道後所來到的，是一個牆壁與地面主要是以焦黑的硬化岩漿所構成的空間。

大小與先前的廣場差不多，地面不時噴出些許岩漿。

「這裡的岩漿好像都凝固了，好走很多，也很容易就看出有沒有怪物呢。」

「這邊好像什麼都沒有……而這種時候！」

梅普露看穿遊戲設計般往莎莉看。

「嗯，要猜想怪物是偽裝起來了。啊，剛說就來了！」

地面啪喀啪喀隆起，一個約三公尺高的岩石巨人站了起來。

黑黑的拳腳都比她們整個人還要大，腳步隆隆作響。

看起來比一路上見過的怪物強大很多。

「【全武裝啟動】【開始攻擊】！」

梅普露立刻開火，所有砲彈都擊中了動作遲緩的巨人，但每一擊都被當場彈開。

「唔……果然是魔像類？真麻煩……」

巨人硬得讓她嘟著嘴收起武裝停止射擊。

同時，巨人巨大的拳頭往地上一砸。

岩石撞擊，沉響四散。破碎的地表下噴出岩漿浪，撲向她們。

「唔呃！搞、搞屁啊！」

「梅普露妳快跑！這裡說不定……」

莎莉為保險起見連續倒退，並造出冰柱。

她猜得果然沒錯，這裡不像充滿岩漿的地區，冰柱沒有融化。

「不好意思，走嘍！」

莎莉一手往梅普露吐絲，再藉另一手的絲攀上冰柱。

「要飛嘍，梅普露！【跳躍】！」

「咦？為、為什麼……哇！」

在巨人的岩漿融化冰柱前一刻，莎莉拉著梅普露飛躍岩漿浪，飛向巨人。

「趁現在！【破防】！」

莎莉在空中放開繫住梅普露的絲，迴旋著砍過巨人的手臂，繞到背後。

留在空中的梅普露，發現自己順勢墜落會砸在巨人頭上。

這讓她想起事先討論過的合作攻擊的確有這招，忍不住賊笑。

「莎莉果然厲害！吃我的盾牌！」

梅普露雙手抓緊塔盾，用衝撞的感覺對巨人的臉賞一發【暴食】，摔在地上。

「哎喲喲……要在巨人又打下來之前快跑。」

梅普露爬起來，轉向巨人拉開距離。

這當中，莎莉也砍巨人腳一刀拖慢腳步，回到梅普露身邊。

「它這麼慢，好像可以直接跳過耶？」

跳過巨人後，兩人發現通道就在附近。

「打完再走！」

都用了一次每天有限的【暴食】，怎能放過。梅普露繼續警戒巨人下個動作。

見狀，莎莉也開始計算使用【冰柱】的時機。

巨人大幅振臂，和上次一樣用拳砸地。

可是這次沒有先前的岩漿浪。

「梅普露，腳下！」

「咦？哇！」

莎莉還來不及用絲救人，石柱已從兩人腳下暴伸而出，將走避不及的梅普露頂上半空中。

「吼，不要從地下偷襲啦！嗯～！【毒龍】！」

被頂得團團轉的梅普露還以顏色，在轉向巨人的那一刻擊出【毒龍】。

巨人衝破大團毒液，往墜落的梅普露揮拳，結果穩穩吃了【暴食】的反擊，迸散傷害特效收回了手。從頭頂上的血條看來，它的確有別於一般小怪，不是幾次【暴食】就能撂倒。

被捶飛的梅普露在地上滾了好幾圈，但沒有受傷。

「不是穿透攻擊就不怕了！再來換我！【流滲的混沌】！」

從鎧甲衝出的蛇怪一口咬住動作遲鈍的巨人，持續造成攻擊。

「這片毒海還比較危險耶……嘿、咻！」

在梅普露放大招時，莎莉用絲線和冰柱貼著巨人跳上跳下地砍。

在每次迴避攻擊都會提升攻擊力的【劍舞】加強下，莎莉的傷害相當可觀。

「這樣就結束了！」

莎莉在巨人頸部奮力一斬，使巨人化為光而爆散。

接著小心躲避毒液，回到梅普露身邊。

「辛苦啦，莎莉！」

「嗯，辛苦了。動作這麼慢，其實一開始就該跳過了。反正不是魔王嘛。」

「大概吧，還會彈開子彈。如果魔王也是那樣，感覺會很累。」

「可能是一定距離外的攻擊會被彈開喔，像威力更強的【毒龍】也不怎麼有效。」

「這樣啊～還有這種的。好強喔。」

「……還好啦，我身邊就有一個距離再近都能彈開，而且招式更凶猛的人。」

「……嘿嘿嘿，可以盡量靠我沒關係喔！」

「那當然，一直都有在靠啦。」

梅普露害羞地笑了笑，說她也受了莎莉很多幫助。

「那我們趕快繼續走吧，要是又來一隻就麻煩了。」

「好的好的！啊，先等一下喔。」

梅普露加快速度操作道具欄改變裝備，裝上「拯救之手」。

然後在新出現的白手裝上「白雪」和「紫晶塊」，把自己夾起來浮上空中。

「一直注意地板也很累，就這樣走吧。」

「……ＯＫ。是有比較習慣一點了吧。」

莎莉稍微瞇眼，瞥瞥那兩隻白手。來自恐怖主題第六階的裝備，還是讓她有點怕。

「妳要用嗎？原本就是打算給妳的，不用客氣喔？」

「投降過一次就回不去了啦。」

莎莉這麼說著，往下一條通道前進，夾在盾中間的梅普露在她旁邊飄。

在下坡路上，兩人漸漸注意到變化。

而懷疑也在抵達新廣場時轉為肯定。

「莎莉莎莉！」

睜圓眼睛的梅普露往莎莉看。

莎莉也驚訝地看看梅普露，重新確定眼前景象不是幻覺。

「好誇張喔……剛剛還都是岩漿耶，真奇怪。」

布展於兩人眼前的是蓋滿白雪的地面，以及大片冰壁。

這裡和過去都不同，是個冰封的銀白世界。

兩人在冰雪所支配的洞窟中前進。梅普露繼續夾在盾裡飄，東張西望查看四周。

「可以下來了吧？」

「會不會突然冰住腳啊？」

「至少我可以正常走。不過有陷阱的話，我也閃得開啦。」

聽了莎莉的補充，梅普露最後還是決定不下來了。

冰雪通道同樣連接著廣場，一踏進去就聽見冰塊破碎的聲音。

「梅普露，上面！」

「ＯＫ～！」

洞頂的冰啪喀啪喀地剝落，一條由冰構成的大蛇爬到地面。

大到可以一口吞下她們倆。

「總之我先引開牠！」

莎莉攻擊爬下來的蛇並打了就跑，梅普露則趁蛇的注意力被莎莉吸引時，悄悄貼近蛇的體側。

「借過一下喔！」

然後舉起能吞噬一切的黑盾向前滑行，用【暴食】將蛇身狠狠挖掉一大塊。

「再來加減放個……【毒龍】！」

梅普露射出的毒液團先是砸傷了蛇，毒液再逐漸滲入牠以冰所構成的軀體。

「有效耶！讚啦！」

見到毒有效，梅普露開心得大叫。

不過造成了這麼多傷害，大蛇的目標自然也轉到她頭上。

「好～儘管來！我有鐵壁防禦喔！」

梅普露趴在兩面盾中間，前方再用具有【暴食】的「闇夜倒影」擋起來。原本就已經硬得不得了了，躲在殼裡還真的是鐵壁。

可是大蛇的攻擊並不是單純的直線，像梅普露一樣往旁邊一轉，從「闇夜倒影」保護不到的側面咬下去。

「啊！那裡沒有【暴食】……從正面來啦！」

當梅普露試圖揮手攻擊時，蛇咬住的塔盾啪嘰啪嘰地開始結凍，快速削減它們的耐用度。

「哇哇哇！不、不可以這樣啦！」

「那就要趕快打倒嘍！」

莎莉跳過來揮砍頭部，大蛇化為光而消失。

「謝啦，莎莉！」

「沒什麼啦，幾乎是靠妳。毒有效的話真的很強呢。」

莎莉往那一大片毒海看，發現有個東西浸在裡面。

「梅普露，那裡好像有東西。」

「咦？啊，在毒液裡是吧，我去看。」

梅普露從空中飄過去，到目標上方撿起大蛇掉落的道具。

那是個壘球大小的冰塊，在光線照耀下閃耀著燦爛的藍光。

「呃，是道具嗎？」

「萬年冰」

使用後凝固指定區域的【岩漿】。

持續三十秒。

「莎莉！是好東西喔！」

「那就拿回來吧～」

「嗯！」

梅普露將毒海裡的三個「萬年冰」都撿起來，小心地回到莎莉身邊。

「妳應該比較知道怎麼用，拿去吧？」

「嗯？不過我也可能有不能用道具的時候，妳留一個吧。」

「好的！那這邊給妳！」

莎莉收下兩個「萬年冰」，查看效果後點了點頭。

「有這個的話，好像就能通過那個都是岩漿的地方了……會是哪種呢～」

「哪種？」

「沒有啦，我在想魔王是岩漿還是冰。有這個道具的話，可能就屬於岩漿那一邊吧。」

莎莉看著閃亮亮的「萬年冰」這麼說之後，梅普露顯得有點苦惱。

「把這麼漂亮的東西用掉好可惜喔……怎麼不掉多一點啊。」

梅普露遺憾地盯著莎莉手中的璀燦的「萬年冰」看。

一經使用，這麼漂亮的東西就會消失不見。

「那我們就多找一點吧。蛇好像不怎麼強，而且看樣子子彈也打得痛。」

莎莉再向梅普露提議，若沒有其他蛇，她會試著只用她那兩個度過岩漿地帶。

「可以嗎？」

「可以呀，那妳要好好保護我喔。」

「沒問題！就算是怪物以外的，只要不太痛……我也不怕！」

「也要記得用【抵禦穿透】喔，我不想被怪物的岩漿打。」

但這種煩惱也只要再打幾條蛇就能解決了。兩人為此踏上征途，卻只見到約兩公尺的人形冰魔像，或是會吐寒氣的蝙蝠。

不知是出現率低還是僅此一條，到最後兩人再也沒找到第二條蛇。

花了很長一段時間找蛇後，莎莉建議道：

「今天先這樣吧？妳的招式用掉不少了，而且我們是直接從二樓過來的呢。」

「既然有收穫了，那就這樣吧！」

現在手上有攻略用的關鍵道具，冰窟區也在找蛇過程中全走遍了。

而由於魔王房不在冰窟區，表示魔王極有可能使用岩漿攻擊。從冰窟區最深處回到岩漿區也需要不少時間，不如就先離開塔，下次從第三層入口開始。

「好，下次就直衝岩漿那一邊，今天辛苦啦！」

「嗯，拜拜～」

最後兩人仰望高聳入雲的塔，一起下線。

想做好萬全準備，是因為魔王可能很難纏。

回到了現實世界的楓收拾遊戲器材，在床上大力伸懶腰。

「呼……有岩漿的地方只能飄過去，那魔王要怎麼辦……」

【暴虐】似乎效果不大，令人傷腦筋。

「好像還是只能看莎莉的了……能幫我凝固岩漿的話，應該就打得動了。」

楓這麼想著，往一樓走去。

第二章　防禦特化與高塔攻略

隔天，梅普露和莎莉再度來到第三層。技能的使用次數都已恢復，準備萬全。

「好～今天來把魔王幹掉～！」

「嗯，一定要的，而且三樓的敵人有點麻煩……大概就在那後面吧。」

兩人沒有再去找「萬年冰」，直接來到岩漿狂噴的地區。

眼前依然是大片岩漿。

「那就用用看吧。應該就是要在這裡用的。」

莎莉使用「萬年冰」，一陣風雪吹過腳下，使岩漿凝固發黑，覆上冰雪。

一瞬之間，岩漿流溢的地面就成了冰封大地。

「呃……比想像中更大片耶。快走吧，梅普露。融掉就要再用一顆了。」

「啊，嗯！是啊！」

梅普露已經理所當然地夾在盾牌裡飄。

不過飄速跟正常步行速度沒差多少，走到一半冰層就開始碎裂，噗噗噗地噴出岩漿。

「梅普露，要衝嘍！下來下來！」

「啊，嗯！知道了！」

梅普露鑽出盾牌，被莎莉的絲線拖過岩漿地帶。在不知道夾在盾裡是否能完全抵擋岩漿，且盾牌也可能因此損壞的情況下，還是老實跑過去比較好。

問題是會噴到洞頂的岩漿柱已經復活了。

「唔唔……獻、【獻身慈愛】！」

幾經猶豫，梅普露還是使出了【獻身慈愛】，先保護莎莉再說。

當她閉眼縮身等著受傷時，感到的卻是飄浮，而不是痛楚。

「這樣就能在噴發之前衝過去了！」

「……？喔、喔喔～！」

莎莉用了梅普露在第六階打給她的鞋子附屬技能【步入黃泉】。

這讓她在空中造出幾個踏點往上空逃，真的用跑的奔向安全地帶。

「有梅普露就不用怕摔傷了，真好。」

「謝謝喔，莎莉！呼……沒燒到真是太好了……」

梅普露望向背後依然光燦燦的岩漿，鬆了一口氣。儘管為了保護莎莉而用上【獻身慈愛】，疼痛還是能免則免。確定周圍安全後，她放心地解除【獻身慈愛】。

兩人繼續前進，沒有再遭遇阻礙就來到魔王房前。

「喔，真的在這裡耶。」

「果然不出所料！」

「所以剛那裡就是最大的難關吧。要進去了嗎？」

「嗯，走吧！我都準備好了！」

梅普露轉轉手臂表示鬥志，莎莉便推開房門。

只見房內地面是大片岩漿，只有幾塊岩石能站，活動空間相當受限。

「唔唔唔……我用飛的喔。」

梅普露又把自己夾在盾中間飄起來。

能躲的範圍這麼有限，莎莉打起來自然是綁手綁腳。

「我好像會很難打耶……那魔王……來了！」

在警戒的兩人面前，最深處的岩漿池伴隨地震高高隆起，噴濺大把漿珠而成型。

出現的是火光燁燁的岩漿巨人。

「莎莉莎莉！看起來很強耶！」

「要是有躲不掉的大招，要趕快用『萬年冰』喔！」

「看我的！我從上面顧！」

梅普露夾在盾中往上升。

岩漿類的怪物很可能會對梅普露造成固定傷害，不太能用【獻身慈愛】。

「【冰柱】……沒用。ＯＫ。」

莎莉確定【冰柱】無效之後，靈巧地在安全地帶間跳躍，並縮短距離。

「【古代之海】！」

第二次活動所獲得的技能，使不停移動的莎莉身邊出現許多散發藍光的浮魚。

「【水球術】！」

莎莉仿照打倒路上岩漿鳥的方式，嘗試水屬性攻擊。

巨人動作緩慢，水魔法和魚所灑出會降低【ＡＧＩ】的水都很容易擊中，也能看到擊中的部位發黑。

「了解。嗯，它移動的時候會把岩石弄掉……啊，唔！」

巨人爬動時所濺出的岩漿，會淹沒附近的岩石。

儘管過一小段時間就會再冒出來，跳石的時機仍是不太好算。

這當中，巨人舉起它的岩漿手臂，往莎莉砸下來。

「……！」

莎莉用【步入黃泉】在空中製造踏點強行閃避。

然而被巨人搥地的拳擊出放射狀火柱，眼看就要噴中莎莉。

「我可沒有在打混喔！」

就在火柱幾乎擊中莎莉之際，梅普露降下來擋住了它。

依然夾在兩片塔盾中的梅普露鑽進火柱與莎莉之間，將手上黑盾往斜下舉，擋下了火柱。

「莎莉，緊急避難！緊急避難！」

「唔、嗯，謝啦。」

莎莉跳上梅普露的盾，梅普露如電梯般直線上升。

「哇，下面好精彩。」

梅普露往下一看，見到巨人在地面爬來爬去，用拳頭砸出火柱。

「火柱好像噴不到這麼高，先開個作戰會議吧。」

「既然沒有固定的地方能踩，我就叫糖漿出來！」

梅普露叫出糖漿並巨大化，小心翼翼地從塔盾跨過去。

「對方對空能力不強，可以很悠哉地觀察動作再擬定戰略呢……一般人做不到就是了。」

「來來來，請進來坐。」

「嗯，那就叨擾嘍。」

兩人就這麼氣定神閒地在空中開起作戰會議。

討論過後，兩人決定先從安全的空中試用梅普露的【酸雨術】和【機械神】的槍砲。

結果毒和槍砲都無效，糖漿的【精靈砲】冷卻時間又不短，決定先以之前確定有效的水魔法為主攻。為了保險，梅普露也換上白裝提升ＨＰ，準備使用【獻身慈愛】所包含的減傷技能【神盾】。

喝藥水補滿ＨＰ後，梅普露告訴莎莉她準備好了。

「搞定！隨時可以開打喔～呵呵，這套技能好久沒用【獻身慈愛】以外的了。」

「那麼梅普露，把盾牌抬高。對對對……再來……」

梅普露稍微改變高度，升起兩面塔盾。莎莉跳到低的一面上，用絲線把腳和盾繫起來，以免不慎摔落。

「電梯下樓～怎麼樣，夠嗎？」

梅普露就此降低塔盾高度，來到莎莉的魔法剛好能擊中巨人的位置。

「只要能配合魔王動作就沒問題了吧，出事的話我會躲回來的。」

另外一面盾牌停在莎莉和糖漿之間，作為中繼點。

梅普露移動盾牌的距離有限，所以要配合巨人的位置，在魔王房上空打轉。

「嗯～還是有點難度耶……莎莉！怎麼樣～？」

「不曉得是不是真的會凝固耶，總之妳位置調整好，讓我打得中喔！是已經有打出傷害了啦……」

「那當然！嘿咻，糖漿也要加油喔！」

梅普露將背上與手上的黑色砲管往下指。

莎莉並不是專攻魔法攻擊，一個人打也很花時間，不過發黑的部分正確實增加。擊中幾次之後，那巨大身軀剩餘的岩漿部分一口氣全發黑了。

顯然是攻擊的好機會，梅普露立刻開火。

「【開始攻擊】！糖漿，【精靈砲】！」

梅普露和糖漿所擊出的砲彈與光束之雨傾注而下。

擊中巨人冷卻的部位，一截截地削減ＨＰ。

「好耶！我的砲終於有用了！」

梅普露喜孜孜地攻擊時，巨人的身體逐漸發紅。

「啊啊～攻擊時間結束了。莎莉，麻煩妳……嘍？」

當梅普露再度請莎莉冷卻時，熊熊燃燒的巨人緩慢揮向梅普露的手臂爆出烈焰。

「梅普露快擋！」

「呃、呃呃呃！【神盾】！」

源自梅普露的光驟然擴散，籠罩她們倆與糖漿。

堪稱岩漿團的紅色覆蓋了她們整個視野，但光芒將其完全抵銷，穩穩守住了她們。

當視野隨光芒淡去而復原，兩人立刻查看巨人的變化。

「咦！莎莉，那是怎樣！」

梅普露往巨人所在地望去，見到的是一團稍微飄離地面的藍。

「不是火……那是冰？」

那團藍色彷彿是聽見了莎莉的話，冰以它為中心向外擴散。

冰覆蓋滿布岩漿的地面，並竄上岩壁，在洞頂結出巨大冰柱。

最後伸出樹枝般的冰，化為冰之巨人而聳立。

「會改變形態喔！不過ＨＰ沒補回來，而且……」

莎莉朝梅普露微笑。

「冰的話我就能打了耶，莎莉！」

「人家自己變弱了呢。」

「呵呵呵～那麼【開始攻擊】！」

梅普露當場開火，結果果然跟岩漿型態不同，從一開始就打出傷害。

然而即使情況變得有利，她也無法單方面地狂轟濫炸。

「看我一次把它……咦？」

往下攻擊的梅普露注意到腳下突然變暗，往上一看。

赫然發現有條斷裂的冰錐朝她掉下來。

「呃……好、好痛！嗚嗚……」

冰錐劈哩啪啦地砸壞她的武器，插中躲得不夠快的梅普露背上，迸出紅色傷害特效。岩漿型態時的地形傷害是由下往上，冰型態則改為由上往下了。

「會穿透！梅普露，把糖漿收起來！愈掉愈多了！」

莎莉跟著造出冰柱往下溜。

梅普露將糖漿收回戒指，直接墜向地面。

「【快速換裝】……好！」

「好，開打嘍！」

「嗯，開啟攻擊模式！」

梅普露換上黑裝，注意著頭上擺出戰鬥架勢。

莎莉也因為【冰柱】可以使用而接連造冰。

當兩人準備攻擊時，一股閃亮白色寒氣掃過地面，冰浪轟隆隆地襲來。

「梅普露，來嘍！」

「【流滲的混沌】【開始攻擊】！」

梅普露釋放的蛇怪撞碎冰浪，但部分冰塊仍砸得她失去平衡。

所幸那沒有造成傷害。

「一般攻擊我就不怕了！」

莎莉趁隙沿一條條冰柱跳上巨人的肩，從脖子砍到腦袋去。

巨人肩上為驅逐她而長出冰刺，並從上方掉落冰錐，她在狹窄的空間裡靈活閃躲，同時揮灑【劍舞】的藍色靈光不停攻擊。

「很好。不會燒就簡單多了。」

「奇怪？」

梅普露為了閃躲冰錐，無視於冰浪和巨人的拳頭邊走邊打，途中忽然發現身上結了層薄薄的霜。而且拍也拍不掉。

「莎莉，小心一點！好像……好像要結冰了……吧？」

梅普露提醒跳來跳去，似乎沒注意危機逼近的莎莉後，覺得目前那對自己沒有影響便維持攻擊。

「……對梅普露沒效的東西也太多了吧……我會小心的！」

巨人的攻擊隨ＨＰ減少而變得激烈，威力也更強，但由於不是靠速度取勝，莎莉分神想別的事也閃得游刃有餘。

砍著砍著，巨人放出特別強勁的寒氣，從身體中心發出岩漿的紅色光輝。

「梅普露，在它變岩漿之前搞定！」

莎莉再補一陣亂砍之後跑上空中避難。

「看我的！【毒龍】！【流滲的混沌】！【暴虐】！」

巨人受衝擊而踉蹌時，變成怪物的梅普露再往它襲來。

口吐火焰推回寒氣，將那身冰塊撕裂、咬碎。

「這樣就結束了！」

當地面開始冒出大量冰刺時，梅普露以滿嘴火焰給予最後一擊。

巨人的軀體啪嘰啪嘰地碎裂，冰塊爆散成光點消逝在空中。

「贏了……唔～還以為躲空中很安全呢。」

梅普露維持怪物外型，趴下來懊惱。

「辛苦啦。嗯？有送技能？」

「啊，我也有！來看來看。」

莎莉和梅普露接到意料外的通知，開啟屬性視窗查看技能。

「妳這樣也能看喔，感覺真的好神奇……」

莎莉看著怪物版梅普露在看時不禁低喃，同時確認，新獲得的技能叫【大噴火】。

【大噴火】

消費50ＭＰ，每三分鐘能使用一次。僵直三秒後直線噴出威力強大的岩漿，並造成無視防禦力的有害地形，維持一分鐘。

「不錯喔，可以當梅普露新的攻擊招式。怎麼樣，要裝到裝備上嗎？」

若置入裝備技能槽，即使沒有ＭＰ也能當有限次數的技能來使用。

「不曉得耶。」

「……先上第四層看看再說吧？」

「嗯！走吧！」

【大噴火】並不是現在急需的技能，於是兩人立刻往第四層出發。

３４２名稱：無名巨劍手

大家打到第幾層啦？

３４３名稱：無名塔盾手

我這次慢慢來，剛打第二層。

而且這次沒靠梅普露。

３４４名稱：無名魔法師

我剛打贏第四層魔王。

345名稱：無名長槍手
正在打第四層。
你這次沒跟梅普露組啊？
不過就算沒有她也有辦法吧。

346名稱：無名巨劍手
她畢竟算是最終兵器嘛。
雖然她平常用這種規格到處跑，
但是魔王可不是用這種規格在活的喔。

347名稱：無名塔盾手
話說梅普露是跟莎莉一起打最難的塔。
還滿順利。

３４８名稱：無名弓箭手
不是兩個人打得過的吧。

一般而言。

３４９名稱：無名長槍手
她們的規格真的是突破天際。
我看過莎莉在半空中跑，有制空權真的猛。

３５０名稱：無名巨劍手
第三層魔王對空中的殺意好強啊。
火柱噴得有夠高。

３５１名稱：無名塔盾手
我只有看過網路討論，
實際上是怎麼樣？

352名稱：無名長槍手
前半是固定傷害，
後半整個房間會掉有穿透傷害的冰錐。
不過範圍雖廣，基本上掉下來都有預兆，有注意應該是不難躲。

然後後半段，每次被打中都會降全部能力值。

353名稱：無名弓箭手
第三層的攻擊基本上都不要硬吃，以躲為重。
我有用路上打到的岩漿和冰塊道具，輕鬆很多。

354名稱：無名魔法師
道具啊……很難不用耶。
聽說不用就過關的話會給技能。
我是撿到就直接用掉，衝過去了。

３５５名稱：無名長槍手
其他層也有祕密吧。
網路上消息不夠，只能亂猜了。

３５６名稱：無名塔盾手
例如第一層不用炸彈打贏之類？
可能應該用巨鎚輾過去的。
我們家的雙胞胎普攻就把防護罩搥爆嘍。

３５７名稱：無名巨劍手
那個不用技能打得破？

３５８名稱：無名塔盾手
是梅普露英才教育的產物呢。

３５９名稱：無名魔法師
我想報名。

３６０名稱：無名長槍手
梅普露說什麼都會去用炸彈吧。
可是第二層好像沒有什麼像是任務道具的東西，只有第三層吧。
要是梅普露拿到第三層的技能就能玩冰火九重天了。

３６１名稱：無名巨劍手
她已經會吐火了吧！

３６２名稱：無名弓箭手
正確來說第三層的是岩漿。
從吐火進化成吐岩漿就不奇怪了。

３６３名稱：無名魔法師
很奇怪好嗎。
話說冰跟岩漿都不應該是玩家會吐的東西吧。
拜託高抬貴手。

３６４名稱：無名巨劍手
自然而然說出她會吐火，我也嚇一跳。

３６５名稱：無名塔盾手
梅普露變怪物的話，吐個火什麼的很正常吧。

３６６名稱：無名魔法師
請不要再繼續偏離玩家之路了。

３６７名稱：無名塔盾手
感覺她們真的能成功攻頂。
我很久沒當主坦了，也要努力點才行。

３６８名稱：無名長槍手
其實【大楓樹】沒有梅普露也夠強了吧。
少了她就只是從隱藏魔王變成最終魔王那樣。

369名稱：無名魔法師
對梅普露來說，第四層大概比第三層更難打。
路上還好……可是魔王就……

370名稱：無名長槍手。
有道理。

371名稱：無名塔盾手
真的？有這麼難喔……我去查一下。

372名稱：無名魔法師
那應該至少能給她造成不小的精神傷害。

373名稱：無名巨劍手
這樣啊。

374名稱：無名魔法師
要求我幹掉的魔王打贏梅普露太強人所難了。
如果她不會飛，那還有得說。

這時候，話題中的梅普露和莎莉正要前往第四層。

第三章　防禦特化與高塔第四層

兩人看完技能，準備趁熱攻上第四層。

「要直接上去嗎，梅普露？」

「解除【暴虐】很浪費嘛……」

莎莉走在前面，怪物模樣的梅普露在後面跟。

兩人一邊講，一邊登上魔王房深處通往第四層的階梯。

「原來路上也能拿到技能啊。」

「剛才那個……呃，叫【大噴火】是吧？我MP不多，僵直又久，很難用耶。」

莎莉沒有撐MP，想用也用不了幾次，而且僵直也和她以閃避為主的戰法不搭。

「妳的話就沒那麼怕僵直了。如果能善加利用有害地形，說不定可以輕鬆防禦高難度的魔王喔。」

「嗯！」

「不過自己也要小心，不要去踩到就是了……」

「呵呵，用爆炸飛的時候要多注意點喔？」

莎莉這麼說完，又想起什麼般轉向梅普露。

「……梅普露，我覺得妳在那招想塞裝備的話，等攻頂以後再塞比較好喔。」

「是嗎？」

「因為攻頂以後也有銀幣，看過那些技能以後再想比較保險。」

若這次成功登頂，累積銀幣將達到十枚，能和第二次活動一樣換取技能，屆時說不定會有更強的招式。

由於技能一旦賦予裝備就無法更換，沒必要急於一時。

「妳攻擊力很夠了吧？」

「攻擊跟防禦都很罩喔！」

「那就別管它，先往上走吧。妳看，下一層的光就在前面了。」

爬完陰暗的階梯，見到的是嘩啦啦的瀑布，以及其後的廣大森林。

第四層入口是個開在瀑布後的洞，底下有寬廣的河川。

明明是塔裡，從瀑布與懸崖之間的縫隙卻能看到天空，遠處還有像是海的地形。

「喔～！這裡好大喔！」

「是啊。總之……先下去吧？」

洞口處設有斜坡，通往河畔。

不過那是給人走的尺寸，變成怪物的梅普露過不去。

「梅普露，妳跳下去也沒事吧？」

「嗯，這點高度應該沒問題。」

在莎莉沿著懸崖往下走時，梅普露要衝破瀑布似的往下跳，轟一聲摔進潭裡。

片刻，怪物什麼事也沒發生般從潭底下探出頭來。

「下面很深喔！要待在水裡的話可能要一直游！」

「嗯～森林的部分進不去……感覺只能順流而下了。要坐糖漿飛嗎？」

「那樣就要解除【暴虐】了……要嗎？」

「是喔，那就算了。就用妳現在這模樣一路殺過去吧！」

莎莉決定保存寶貴的攻擊力。

畢竟第三層有那麼多會限制空中路線的冰錐，第四層多半不會那麼容易就放她們過去。

「ＯＫ～！啊，莎莉莎莉，要坐我背上嗎？水裡可能有怪物……」

「是喔？」

「從剛才就一直在咬我喔～」

梅普露從水裡舉起六條腿中的一條，幾隻魚叼在上面瘋狂亂甩。

「那我就坐妳背上吧。在水裡注意怪物真的很累。」

「呵呵呵～梅普露牌泛舟開始嘍～！」

等莎莉坐穩，梅普露便靈活地擺動六條腿開始游動。

順流而下的這段時間裡，森林裡沒有任何怪物來襲，相當和平。

有梅普露的【獻身慈愛】在，需要警戒的對象變得很少。若只需要注意來自地上的穿透攻擊，自然是輕鬆得很。

「梅普露，水裡是什麼感覺？」

「有魚跟很多東西喔？偶爾會踹死幾隻……」

每當有些微經驗值入帳，證明魚兒意外死亡時，她就會用六條腿中的其中兩條合十來表示歉意。

「既然下水很危險，我就來釣釣魚吧。說不定會出稀有材料。」

「釣魚啊……如果我的釣魚能力能高一點就好了。」

全點防禦的梅普露有很多技能受限，釣一個小時了不起只有三條魚。

「妳的潛水也不行呢。不過人各有所長啦……嘿！」

莎莉拋出釣線，悠哉開釣，不久便釣到幾條沒見過的魚。不過查看道具說明後，發現沒有特殊效果，就只是一條條鮮美的魚。

「其他人打第四層也都用游的嗎？」

「不曉得耶……水裡不是有很多怪物嗎？應該不會像妳這樣漂吧。記得鎮上的商店

有賣小船，妳有印象嗎？」

「小船啊……真好……莎莉莎莉，改天我們來划船！」

「好啊。啊，又上鉤了……嗯？」

「怎麼啦，莎莉？」

「這……不是錯覺。流速變快了！」

不僅流速變快，河面上還開始出現大塊岩石。小船撞上去可不會平安無事。

「莎莉抓好，不要掉下去喔！我想我撞一撞也不會怎樣！」

「應該是要先閃吧……算了。來嘍！」

莎莉用蜘蛛絲將自己固定在梅普露身上，掉落了也不會脫離【獻身慈愛】範圍。梅普露在水流推動下，不用划水也不停往下游漂流。

「好～！果然不怕！厲害吧，莎莉！」

體型龐大的梅普露難以閃躲岩石，一路撞來撞去，但毫髮無傷。讓她即使被激流沖得暈頭轉向，也依然對莎莉神氣地如此說道。

「唔……坐、坐起來就不太……梅普露！前面前面！」

「咦？哇！哇～！」

一連撞上好幾個大石讓梅普露失去平衡，沒入水中。

莎莉當機立斷解除絲線，攀上岩石躲過一劫。

「糟糕……梅普露，妳在哪！」

莎莉在空中製造踏點，使用絲線跳到遠處岩石上搜尋梅普露。

然而到處都沒有那黑色巨物的影子。

而且她在空中跳動時，水裡還有怪物對她起反應，紛紛射出水箭。

「少來煩我！」

莎莉扭身閃避，落在岩石上。

「雖然沒有水箭了，可是水裡很多怪物，不能下去看……嗯？」

焦急的莎莉發現有團黑黑的東西撞上岩石而彈起來。

於是她再度跑上空中，躲避水箭往水裡吐絲。

「要抓住喔……好！」

感到拉住東西後，她將自己固定在岩石上用力拖拉。

拖出來的是恢復人形的梅普露。

「嘿、咻！梅普露，還好嗎？」

「唔呃呃……我溺水了……謝啦，莎莉……」

「窒息讓【暴虐】解除了嗎。嗯，總之沒事就好。」

「一直轉一直轉……都不曉得被沖到哪裡了……」

梅普露頭昏眼花地癱坐在石頭上。

「先休息一下吧。妳撞得那麼慘，還要想怎麼繼續往下走呢。」

現在不能把梅普露當船坐，走空路又有水箭。

「就、就是說啊……先休息一下……唔唔，能把河水關掉就好了。」

「又不是水龍頭……不過那樣是真的會輕鬆很多啦～」

兩人決定在岩石上休息到梅普露恢復為止。

休息也不能閒著，兩人開始釣魚。怪物似乎是不能釣，都沒有危險的魚上鉤，莎莉接連獲得可以送給伊茲的材料。

而梅普露還是老樣子，根本釣不到。

「唔，沒救啦～」

「配點都沒變過嘛。現在怎麼樣，可以了嗎？我還是覺得只能坐糖漿耶。」

「因為沒有船嘛。」

她是騎梅普露無視水中怪物來到這裡，本來就沒有船。

想嘗試正攻法，就得先離開高塔買船。

「唔唔……那個水箭是穿透攻擊嗎……」

「很有可能喔，都做成箭的形狀了。」

莎莉嘗試的結果是箭只要受到一定程度的傷害就會潰散，而且確定是穿透攻擊。但由於可以破壞，還是可以強行突破。

「我不太想用【獻身慈愛】，可是不用又保護不了糖漿……」

「坐盾牌呢？不過要擋好，不然還是會被射中。」

「就坐盾牌吧！然後想辦法完全不中箭……」

「真的很想無傷過關呢，我會找機會做踏點處理的。啊，妳也要努力攻擊喔？」

「看我的！呵呵，槍砲跟箭要一拚高下了！」

梅普露切換裝備啟動武器，讓飄在空中的兩條白手拿盾。

「底要用『闇夜倒影』吧，其他的壞掉就糟糕了。」

她將耐用度高且有【破壞成長】，壞了也會復原的「闇夜倒影」平放在水面上，和莎莉一起坐上去。

「另一塊盾……放莎莉後面！」

梅普露自己在塔盾上跪坐，往前舉盾。

兩側則是一大排指向水面的槍口砲口。

「喔喔……完全武裝耶。」

「全部打掉就不用怕了！」

「那漏掉的我來解決吧。」

「嗯！那就出發嘍！」

梅普露慢慢挪動盾牌，離開岩邊。

同時水箭啪刷啪刷地射出來，梅普露也開火回擊。

「衝啊！全速前進！」

「壓制力是我們比較強！」

梅普露不斷在水中怪物身上開洞，順暢地前進。

都不用莎莉出手，兩人一路順流而下。

「這點水箭算不了什麼啦！」

「坐糖漿可能就不一樣了。不過，嘿！好像變得比較激烈了耶。」

莎莉一邊打落遺漏的水箭一邊說。

「好像喔。腳下的盾牌一直啪啪啪地響。」

「是啊……嗯？梅普露，前面有東西！」

「好～！看我一起幹掉！」

梅普露槍口所指之處，有好幾隻約五十公分長的魚在水面跳進跳出地接近。

「……飛魚？」

「那是海水魚耶。會是……怪物嗎？」

那些魚靈活地躲過梅普露擊出的槍彈，不斷接近。

「沒有水箭的話就能都拿來打魚了！」

梅普露抱怨時，魚怪從梅普露下方跳出來，順勢掃出牠們刀刃般亮晃晃的鰭。

絕大多數都是被盾彈開而掉回水裡，但其他的居然砍掉了部分槍管砲管。

「啊啊啊啊啊！我、我的武器！」

「梅普露！水箭！」

武器損壞使得幾枝水箭躲過壓制，朝她們飛來。

倉促之間，莎莉姑且用絲線捆住梅普露，用【步入黃泉】踏上看不見的階梯跑向空中。

這時又有數不盡的箭朝她們追擊而來。

「梅普露！叫武器！然後──」

「我知道！【毒龍】！」

梅普露射出的大把毒液將小小的水箭全部吞沒，將之前坐的盾和底下的河水都淹進毒海之中。

「好！【開始攻擊】！」

見到梅普露做好攻擊準備，莎莉也不再製造踏點，兩人一起墜向塔盾。

梅普露用重新啟動的武器擊落水箭後，便抱著莎莉由背落在塔盾上。

「盾牌也都是毒了呢……」

「我們再到附近的石頭休息一下吧，現在到處都是毒很恐怖。」

莎莉也需要恢復因製造踏點而降低的【ＡＧＩ】。

「泛舟好辛苦喔……」

「不過我們已經走很長一段嘍。妳看，瀑布都那麼遠了。」

「喔！所以終點快到了嗎？」

「大概吧，到時候要打魔王就是了。」

「唔～最後還要再加把勁呢。」

梅普露坐著盾溜來溜去，前往附近像是休息站的岩石。

兩人就這麼反覆處理水箭並上岩石休息，總算是沒有受到任何傷害就來到下游。急流變緩很多，水箭也不再射來。

「莎莉！沒水箭了耶！」

「呼……終於可以鬆口氣了。不過水裡好像還是很多怪，還不能下水。」

「是喔，也對。啊，有影子！」

水裡能看見許多迅速游動的魚影。

肯定大部分都是怪物。

梅普露繼續順水推盾，對莎莉說：

「能平安脫離險境真是太好了……不曉得用正常方法泛舟會不會比較好玩。」

「呵呵，要回去試試看嗎？」

「NO～！NONO～！」

梅普露頭搖得呼呼響。

不想受傷的她，需要盡可能避免被尖銳物體擊中。

更何況她正在挑戰無傷攻頂。

「話說魔王可能也有穿透攻擊，到時候也要處理好喔。」

「魔王啊……唔唔，希望他不會用。」

「一開始那麼遠的海也很近了呢？」

「感覺好久沒去海邊玩了！最近開的地區都沒有海。」

「是啊～我們邊漂邊想水裡的魔王要怎麼打吧。」

由於水裡的怪物都無法傷害梅普露，即使提高警覺也什麼都沒發生，平安地順流而下。

整條河都沒有分支，兩旁森林來到盡頭，前方景色豁然開朗。

一望無際的大海，在陽光照耀下閃閃發光，海浪輕柔起伏。

「莎莉，要打魔王了嗎？」

「不曉得耶？都沒有地方可以站……嗯……實在很不想在這種地方打。」

梅普露也同意。

然而天往往不從人願，兩人所望的海面慢慢隆起一大塊並碰刷炸開，魔王怪現身了。

是一隻超過五公尺大的海龜。

「喔～海龜耶！」

「所以是只能在這裡打了吧。」

「不曉得跟糖漿比哪個大……」

梅普露雀躍得不像是即將打王，彷彿好玩的事就要來臨般望著海龜。

「……不要捨不得打王喔？」

「不、不會啦！」

說著說著，海龜有了動作。

牠潛入海中又突然衝出來，往天空拉伸水道，在天上自在地游動。

背後留下一條條往天空流的水道，在大海與天空來去。

在兩人看得發愣時，海龜已在天上布下蜿蜒的水道，形成非常不可思議的景象。

「好酷喔！好酷喔～！」

「沒有打過來……那都是在布置場地吧。好漂亮……」

「莎莉莎莉！要不要到牠背上坐坐看？」

「咦……上得去嗎？……喔不，那是魔王耶！」

「一下下就好！試試看而已嘛！一定很好玩的啦！感覺應該跟騎糖漿不一樣喔！」

梅普露閃亮亮的眼睛一句又一句地往莎莉逼近。

莎莉往海龜看一眼，也覺得有點興趣。

「只能一下下喔？」

「好耶！那就【獻身慈愛】！」

梅普露做好保護莎莉的準備，然後靈機一動，拿出道具。

「呼吸管？」

「可以在水裡呼吸一小段時間，很方便喔！嘿嘿嘿，我都忘記有這個了……」

「妳真的買很多東西耶。那我就來用絲線把我們綁在龜殼上喔！」

「謝謝！我一定要上去！」

就這樣，第四層的魔王戰開始了。

「所以要怎麼上去？牠一直飛來飛去，還會射水球耶……」

開戰後不久，海龜開始在牠製造的水道之間到處穿梭。

藍色魔法陣在那巨大的身軀周圍發亮，擊出大顆水球，打中坐在盾上慢慢飄的兩人。

「沒有傷害……唔……總之先從上面進攻！」

梅普露叫出糖漿，使其巨大化後升空，操縱盾牌跳到牠背上。

莎莉也跟著跳上糖漿。空間變大似乎讓她舒服很多，伸了伸懶腰。

「好！準備好了！」

「我也隨時可以出發喔。」

梅普露繼續升高糖漿，來到海龜拉出的水道較為密集的位置。

「流得好快喔……」

「是不是能在這游泳啊？不然一般來說根本碰不到魔王。」

「嗯嗯嗯，都在這附近飛就是因為這個嗎？」

「大概吧，不過我們現在要爬到牠背上！等牠靠近再用絲連上去？」

「嗯！最好是趁牠剛好在下面的時候喔！」

兩人悠哉閒聊，等海龜接近。水球的攻擊仍在持續，一般而言根本沒有這種閒工夫，但只要不是穿透攻擊，對梅普露來說就跟沒事一樣。

「好，趁現在！」

莎莉的絲線射中漫天悠游的海龜背部，抱起梅普露從這個龜殼跳向另一個龜殼。線一收，兩人便穩穩落在龜殼上。

「成功！」

「我們沒打傷牠，現在行動模式很單純。只是爬上來的話沒什麼啦。」

莎莉用絲線把自己和梅普露繫在龜殼上，梅普露將離開【獻身慈愛】範圍的糖漿收回戒指。

現在可以坐在魔王背上，陪牠到處飛了。

「糖漿是我在飄，不是牠在飛……可以這樣自由自在地飛真好。」

「正常烏龜連飄都沒得飄喔？妳老是用一些怪怪的方式在天上跑。」

「如果這對翅膀飛得起來就好了……」

梅普露撥弄著【獻身慈愛】的羽翼特效說。

「另外……沒有想像中舒服耶……」

「唔唔……好像在淋雨的感覺。」

大水球依然是啪刷啪刷地往她們砸。儘管沒有傷害，狀況也算不上愉快。

梅普露雖戴上了開戰前取出的呼吸管，可是海龜就是不下潛，一點意義都沒有。

「嗯～有什麼呢……啊！這怎麼樣？」

翻著道具欄的梅普露拿出海灘傘和海灘椅。

「……妳也買太多了吧。老是在喊沒錢就是因為這樣嗎……」

「只是擺在龜殼上會飛走，幫我黏起來吧？」

「嗯，收到。」

兩人就這麼在魔王背上建立據點。

有大型海灘傘阻擋水球，總算能暫時放寬心歇息片刻。

她們躺上海灘椅，眺望遠方燦爛的海平線。

「大海好美喔……」

「真想看看夕陽，可惜這裡的時間應該不會改變。」

「好主意！我們再找一個階層去看海吧？」

兩人為紓解泛舟的疲勞躺了一會兒，最後海灘傘啪啦一聲破掉，宣告悠閒的時光就此結束。

海灘傘持續在接受攻擊，即使梅普露撐得住，也不是傘撐得住的東西。

「梅普露，有狀況！海龜往海面去了。」

「咦！我、我們什麼都沒做耶！」

海龜就此降低高度，潛入海中。莎莉自己還沒問題，可是梅普露就算有道具也撐不了多久。

當莎莉考慮離開海龜，先出水再說時，海龜自己往水面游去了。

在兩人擔心窒息之前，海龜已經飛到水道遍布之處的中央。

「呼……剛、剛剛是怎樣？」

「可能是在空中飛一陣子就會下去……之類的？」

兩人對話時，魔王向四周掀起大浪，水道的水無視重力偏折，往她們沖過來。

儘管有絲線固定，沒被沖走，感覺還是很不舒服。

「是叫我們別在牠背上納涼嗎……」

「唔唔唔……機會難得，最後我要玩一下這個……」

說完，梅普露從道具欄取出從來沒用過的沖浪板。

「咦，妳要用？」

「人家都幫我掀起大浪了！」

梅普露還摸摸龜殼道謝。

「我幫妳牽好救命繩喔。」

絲線長度有限，這樣莎莉就不會脫離【獻身慈愛】的範圍。

「謝啦！」

「啊，梅普露，玩完以後要認真打魔王喔？不可以太放飛喔！」

「不、不用怕啦！」

「那就好，我休息一下。」

莎莉在龜殼躺下，摸摸龜殼。

「涼涼的好舒服喔……」

這時，海浪聲中夾雜了梅普露掉進海裡的聲音。

過了一段時間，魔王的行動模式再度變化，在空中到處飛翔。

但那不是因為時間到，而是因為ＨＰ減少。兩人終於開始攻擊魔王了。

「喔，打脖子的傷害比殼多耶。」

「【流滲的混沌】……」

莎莉猛揮匕首連斬，梅普露則是躺著攻擊。她綁在殼上，很累的樣子。

莎莉背後不斷傳來槍砲聲和魔王弱點的四肢遭毒侵襲的音效。

「吼喲，都叫妳不要太放飛了。」

「唔……對不起，不、不小心就……」

梅普露大玩特玩，全身肢體發揮到極限，被莎莉拖回來時已經累癱了。

帶著心滿意足傻笑的梅普露，回到殼上才想起魔王戰的事。

「我不會等妳恢復力氣喔？」

「可是殼上涼涼的，好舒服喔……」

「……真的很不像魔王戰耶。」

「嘿嘿嘿，我很知道龜殼上面的好喔！」

「好吧。目前沒有穿透攻擊，只要注意不要掉下去跟淹死，是還可以啦。」

「【毒龍】！」

每當梅普露使出強力攻擊，海龜的ＨＰ就會大減一段，噴濺紅色傷害特效。

魔王往背上沖水的攻擊被莎莉的絲線破解，且只要梅普露還盤據牠背上，其他攻擊也沒有意義。

「啊，梅普露，海浪變大了。」

「真的耶！沒有上龜殼的話會很辛苦吧！」

兩人一邊鳥瞰底下景象，一邊任憑水球打在身上，不停攻擊。

「莎莉，魔王射光束了耶！」

「糖漿也會射，那是這個遊戲烏龜的標配嗎？」

「就是要會射光束才對啦……嗯？啊，莎莉！槍沒效了！」

順利削減ＨＰ到一定程度後，海龜的殼和皮膚都開始硬化，部分攻擊失去效用。

兩人見到這變化，動身尋找可以攻擊的位置。

「海浪現在猛得亂七八糟……小船感覺隨便就沉了。」

「哇……哪、哪有辦法在那種地方打啊，爬上來才是對的。」

海面還不時刺出水槍，等著經過的人遭殃。

「正常應該是要在海上打啦……嘿！」

「怎麼辦啊，莎莉？」

「上面不行，就從下面來！」

莎莉在不斷飛來的水球間找出空隙，放開繫住梅普露的絲線一起往下跳，然後敏捷地攀住腹部。

「嘿，綁好了！」

「喔～像那個什麼……印魚一樣？」

「嗯，真的。」

兩人攀附在果真沒有硬化的腹部並予以攻擊，看著發狂的大海與天空，跟隨海龜到處飛。

「我都沒有從糖漿的肚子這邊看過景色耶……」

「應該要趁海還很美的時候到這裡來的。」

在梅普露的槍擊聲中，海龜向周圍伸出水柱，向天高飛。

兩人仍不停攻擊，隨海龜愈升愈高，眼下海面能見範圍也愈來愈大。

忽然間，她們底下的海變回寧靜美麗的藍色。

「哇～！莎、莎莉妳看！海變回來了……喔？」

同時啪唧一聲，海龜化成光消失了。

這也表示她們失去了支撐。

「莎莉，抓住我！」

「嗯，拜託嘍！」

瞬時的飄浮感之後，兩人倒栽蔥墜向海面。

梅普露抱緊莎莉，不讓她離開【獻身慈愛】的範圍，並如平時從糖漿跳下去那樣調整姿勢而落水。

當高高的水柱平息時，兩人攀著飄在海面上的塔盾隨波搖晃。

「呼……結束了？」

「好像是。這隻適合我打，滿輕鬆的。通往下一層的出口出來了，而且這次還剩很多技能，繼續衝吧。」

「不休息嗎……」

「妳休息很夠了吧？」

「嘿嘿嘿。嗯，超夠的！」

這次沒有魔王戰繃緊神經的感覺，又贏得頗輕鬆，身心都十分暢快。

「那就直衝第五層！會是什麼樣的地方呢？」

「好期待喔～！」

兩人直接前往後來出現的小島，踏入島上的魔法陣。

不久後光芒籠罩整片視野，第五層景象現於眼前。

她們被傳送到的地方，是有一大排老舊墓碑在陰暗中散發淡淡青光，一望無際的荒地。

「梅、梅普露……我、我們休息吧。」

「……嗯，也好。」

梅普露看著剛才的氣勢蕩然無存，不安地到處張望的莎莉，決定暫時離開高塔。

第四章　防禦特化與高塔第五層

隔天兩人再度來到第五層。

不需休息卻選擇改天再來，自然有其原因。

莎莉害怕恐怖氣氛，連走路都有問題。要帶這樣的她一起攻塔，必須使用保護能力強的【暴虐】。

由於還不知道第五層會有些什麼，為安全起見，她們先在第四層的小島做好準備再傳送到第五層。

氣氛莫名沉重，還有藍色鬼火在遠處浮蕩。梅普露覺得這裡和第六階地區一樣，地面和空中會有幽靈或骷髏冒出來。

「好～！看我一口氣衝過去！」

「拜託妳一瞬間衝過去……」

變成怪物，長天使羽翼的梅普露背上，用繩索捆了個大木箱。木箱裡裝的是什麼也不想看見，縮成一團的莎莉。

當梅普露踏出攻略第五層的第一步，散發青光的墓碑便浮現出蒼白透明的幽靈。

「哇，馬上就來了！」

「不、不要說出來啦！」

梅普露加速甩開幽靈，跑過荒地。

地面伸出一隻隻腐爛的手或只剩骨頭的手，要阻止她的腳步，梅普露全部踢碎一路狂奔。

「哎呀呀，幽靈也變多了……看我燒了你們！」

梅普露張嘴噴火，可惜沒能一次燒死，遭到反擊。

出乎預料的黑霧紮紮實實地噴中了她。

「傷害……是零！那就拜拜啦！」

既然不構成威脅，梅普露便直接忽略繼續跑。

可是不知怎地使不上力，距離愈來愈短。

「……？啊！能力被扣了！」

平常她除【ＶＩＴ】外都是零，沒必要在乎【ＳＴＲ】和【ＡＧＩ】下降，但在【暴虐】狀態下就有效了，因為這時【ＳＴＲ】和【ＡＧＩ】都不為零。

【ＶＩＴ】則是高到爆炸，稍微扣一點不痛不癢，問題是這樣她再也甩不掉幽靈。

這當中，一隻幽靈穿過了木箱。

「咿嗚！不要……為什麼！」

「對不起！我馬上離開！」

梅普露在幽靈的圍攻下邊跑邊吐火。

即使防禦力降低，對梅普露依然不造成傷害。

然而只是道具的繩索就不同了。

「啊……」

梅普露背上忽然變輕，木箱喀喀喀地滾落。

「呃、等等……哇！」

想撿裝莎莉的木箱時，她又被地上伸出的手抓個正著。【STR】扣光的梅普露想甩也甩不掉。

「唔唔……甩不掉啦……！」

更糟的是，這些手將她拖到地底下，掉進地下的空洞。

木箱就這麼單獨留在荒地上。

「梅、梅普露……？妳在嗎……？」

害怕的莎莉耐不住寂靜，將側翻的木箱開出一條縫，撞見一對黑漆漆的眼窩。

「哇嗚！」

莎莉嚇得渾身一抖，翻開蓋子往外滾。

再也躲不掉眼前地上無數的手和漸漸逼近的大批幽靈。

「嗚嗚！……為什麼、為什麼！」

單純因為不想留在這裡，莎莉淚汪汪地逃竄。

「都來這裡躲第六階了！為什麼會這樣！」

莎莉一路瞎跑，連技能都忘了用。不停甩開怪物就只為了登出，只要不被怪物抓到就能登出。

「登出！登出——！」

莎莉加倍拚命地逃，連梅普露都忘了，一路奔過荒野。

與莎莉失散的梅普露發現莎莉登出，沒有解除【暴虐】就叫出藍色視窗選擇離開高塔，出去等她。

一會兒後，莎莉一臉尷尬地回來了。

「想個絕對不會掉下去的方法再走吧？」

「嗯……」

◆□◆□◆□◆□◆

當梅普露和莎莉踏上第五層時，其他【大楓樹】成員也在攻略第五層。他們一樣選擇的是難度最高的塔，結衣和麻衣的超高攻擊力是他們強大的武器。

前四層基本上都是所有人掩護身上掛了大量強化效果的結衣和麻衣，在敵人停止動作時放她們出鬧，一路相當順暢。

直到第五層出現她們打不倒的怪物。

「來了！用屬性攻擊打！霞！奏！」

一般的攻擊對迅速逼來的半透明幽靈無效。

結衣和麻衣的戰鬥神經依然不夠敏銳，緩慢的動作也不容易擊中，便以換人攻擊的方式克服。

「好，看我的！【武者之臂】！」

霞發動從第四階地區取得的妖刀系列技能，兩旁各出現一條披覆甲冑，拿著大刀的手臂。

而且右邊纏繞紫焰的手與霞的刀連動，會給予火屬性傷害。

即使所有能力值都會暫時減少兩成，性能仍足夠強大，讓霞一一斬殺幽靈。

「那招好棒喔，我就隨便丟丟魔法嘍……」

奏則是挑遠處的怪物打。

在他們使用屬性攻擊時，克羅姆也挺身保護結衣和麻衣。

儘管和梅普露不同，會受到傷害，他也沒有讓她們受傷。

「論回復力，我可不輸人啊！」

再加上有伊茲用道具補血，克羅姆的ＨＰ總是扣了又滿。

「嗯，差不多了。霞，小心地上！」

「好，我知道。沒問題。」

幽靈想將他們像梅普露那樣拖到地下，但六人確實應對，不讓它們抓住。

克羅姆和霞的【ＳＴＲ】足以掙脫地上伸出的手，伊茲和奏靈活地閃躲，對結衣和麻衣而言有抓跟沒抓差不多。

沒那麼容易被拖到地下。

「地下的路線太麻煩了，我在地上也比較好守……要躲好喔。」

「是！呃……路上戰鬥就麻煩大家了。」

「聽說魔王吃普通攻擊，在那之前妳們就撐著點吧。」

「魔王就交給我們吧！」

「嗯，很有骨氣喔～我也來準備可以把場地準備好的魔法吧。」

結衣和麻衣用力握緊巨鎚，奏回想自己蒐集過的魔法書。

六人就這麼一路反覆擺脫想將他們拖到地下的怪物們，順遂地前進。

「梅普露她們不曉得怎麼樣了。」

「第五層好像很不適合耶。」

「主要看莎莉吧？希望她們打得順利……」

當他們聊莎莉在第六階地區的表現時，周圍狀況出現變化。

「嗯？各位，霧變濃嘍。到下一階段了。」

如霞所言，周圍冒出陣陣白霧，能見度一下子只剩短短幾公尺。

「視野實際上比想像中差多了呢……」

「還是小心一點走吧，這部分的資料還很少。」

霞帶頭領著奏、伊茲、克羅姆及結衣和麻衣，在鴉雀無聲的濃霧中行進。

「安靜成這樣好詭異喔，克羅姆……克羅姆？」

沒有反應讓伊茲疑惑地回頭，發現應該跟在她背後的三個人不見了。

「奏！霞！……咦？」

轉回前方時，那兩個人也不見了。

「果然……有其他的陷阱。」

會失散也是無可奈何的事。伊茲打開地圖，之前還有的隊員標誌都不見了，不知其他五人的下落。

於是她改用傳訊詢問彼此狀況。

交換資訊後六人達成共識，先探索到有人倒下為止。

「不過我還是需要盡可能避免戰鬥啊……」

即使是有點攻擊力，但這裡是最新活動的終點，多得是小鎚子起不了作用的敵人。

而遊戲也不打算放過伊茲，周圍地面開始湧出大量殭屍。

「太多了吧……唔唔……材料好像打不平耶。」

伊茲牙一咬，設下【魔法工坊】量產炸彈。

「再加點加強效果的結晶……和火焰槍怎麼樣！」

能以金錢取代材料，在哪裡都能自由開工的伊茲幾乎沒有用完攻擊道具的可能。

「都國那麼多了……啊啊，我的錢又蒸發了……」

在火焰與爆炸照亮的濃霧中，伊茲眼神空洞地不停丟炸彈。

◆□◆□◆□◆□◆

結衣和麻衣比被迫單打獨鬥的伊茲好一點，姊妹倆還在一起。

「怎、怎麼辦啊，姊姊！克羅姆大哥不見了啦！」

前不久，克羅姆被一陣濃霧掩蓋，轉眼就消失了。兩人急忙追上前去，但怎麼追都只能見到濃霧。

「總之……先想辦法活下來吧？應該很快就能會合了啦。」

開始提心吊膽時，她們接到了伊茲的訊息。

「伊茲姊傳訊來了耶……呃……結衣！小心喔！」

「嗯，看我的！」

麻衣迅速和伊茲對話，分享資訊。

「結衣，現在……奏跟霞在一起，然後克羅姆跟伊茲姊是分開的樣子。可能是因為陷阱的緣故。」

「那我們要怎麼辦？」

「好像要繼續打到有人死掉為止。我們就先來找出口——先找其他人好了。」

現在沒有克羅姆保護，她們只能自己保護自己。

兩人使用能暫時賦予武器火屬性的道具，再用「禁藥種子」提升【ＳＴＲ】，做好一擊必殺的準備。

然後緊捱著彼此的背，舉起兩把巨鎚。

「背後靠妳嘍，姊姊！」

「嗯！……加油喔。」

兩人做好能隨時砸下火焰巨鎚的架勢，划著腳在霧中慢慢前進。

「結衣，也要注意地上喔。」

「嗯，我知道，可是突然衝出來的話我也沒辦法。」

為了生存，她們必須先發制人。只要被對方躲過一次，情勢就可能大幅惡化。

「嗯……啊！姊姊，我想到一個好主意！」

「……什、什麼啊？」

麻衣見到結衣一臉的自信，有點害怕地聽她所謂的好主意。

這時，相較於心中忐忑的結衣和麻衣，奏和霞則是從容不迫地打怪前進。

「一次來這麼多，左手也很有用處呢！」

包覆甲冑的手臂會跟隨霞的動作揮動大刀。

沒有屬性的左手也能輕易斬殺普通怪物。

「防禦就看我啦。攻擊招式妳應該夠多了。」

奏將怪物劃分優先層級，從最近的開始確切控場，並給予霞治療與防禦。

兩人原本就是擔任第五層的攻擊手，被幾個怪物包圍問題也不大。

奏擁有【大楓樹】首屈一指的應變力，霞則是非常穩定。別說短期決戰，打長期戰也沒問題。

能力足以痛宰純以數量取勝的殭屍或幽靈。

「要是變多了，就靠你放範圍魔法嘍。」

「OK～呵呵，選哪個呢……」

奏打量著飄浮書櫃中滿滿的書，臉上泛起笑容。

「拜託不要燒到我喔。」

「那當然！不會用那種的啦。」

奏瞄著擺在書櫃角落一本漆黑裝訂的書說。

「那就好。不曉得要往哪裡走才好，總之先走到有新訊息來再說吧。」

「是啊～希望大家都沒事。」

「看樣子克羅姆自己打起來會很辛苦……不過應該死不了吧……」

霞這麼說之餘，將逼來的不死系怪物一一斬倒。

◆□◆□◆□◆□◆

霞料得沒錯，克羅姆正與殭屍苦戰。

「啊啊，煩死了！一直冒出來！」

他只能以塔盾抵擋攻擊，用砍刀一隻隻撂倒，很快就遭到包圍。好不容易擺脫又遇上下一群，不斷反覆。

「幸好它們動作不怎麼快……」

但雖說是苦戰，他距離死亡仍相當遙遠。在【生命吞噬者】【吸魂】和【戰地自癒】幫助下，削減的ＨＰ節節恢復。

「血補得回來耶。現在該怎麼做呢。」

不管血怎麼扣，都能一點一滴地恢復。重整旗鼓的克羅姆一隻又一隻地砍，繼續前進。

那模樣簡直比不死系怪物還要不死。

「好想趕快會合……她們不曉得怎麼了。」

克羅姆擔憂著失散的結衣和麻衣，斬下怪物首級。

他的ＨＰ也因這一擊補到全滿。

不怕捱打又能復活的克羅姆，實在不是小嘍囉能夠擊倒。

「……我也滿猛的嘛？」

克羅姆糊裡糊塗地重新體認自己的戰力，深深覺得梅普露那樣真的不是塔盾手的正確玩法。

四組人就這麼利用各自強項，在怪物群中打出生天。

◆□◆□◆□◆□◆

分為四組的六人分別在濃霧中前進。

第一個脫離濃霧的，是霞和奏這組。

「終於出來了。」

「結果都不用魔法轟呢。」

奏光是支援迅速清怪的霞，幫她補補血就夠了。

不必範圍攻擊，怪物已經全趴了。

「因為我攻擊力強化很多嘛。雖然能力值降低有點傷……可是招式夠多，也能運用在戰術裡。」

【大楓樹】中，最重要的是提升攻擊力。

在沒有玩家或怪物可以正面突破梅普露的鐵壁防禦，打倒其他成員的狀況下，這也是理所當然。

「就算我沒出招攻擊，只靠妳剛才的打法應該也沒問題……所以我們現在怎麼辦？好像沒人死掉耶。」

「先等等看吧，說不定都會到這裡來。」

「也好。嗯～這裡也不會生怪。」

兩人等了一會兒後開始聽見震耳的爆炸聲。

只見伊茲一手側抱炸彈，一手灌著補血藥水，氣喘吁吁地從濃霧跑出來。

「呼……呼……總算沒霧了。」

「妳好像沒怎樣耶，真厲害！」

「這團霧吃了我好多材料跟錢啊……啊啊，做出新道具的日子又更遠了……」

伊茲無力地就地癱坐，怨恨地瞪視背後那片霧氣濃重的區域。

她是邊跑邊灑用工坊做出來的炸彈等攻擊道具，材料不夠就用金幣補，靠物量實實在在地炸開怪物大軍。

「總之沒事就好，材料我再幫妳打就行了。妳的道具平常幫了我很多嘛。」

「那真是太好了……」

「嗯？霞，好像又有人來嘍。」

奏聽見響亮的削風聲而往濃霧之中注視。

不久，四團紅火撕裂濃霧衝了出來。

「麻衣！結衣！」

「啊，成功了！姊姊，我們出來了耶！哇！」

「等一下啦，結衣！哇嗚！」

背靠背伸長雙手旋轉著衝出來的兩人，注意到其他三人的存在而踏錯腳步，迎面摔在地上。

她們是不斷揮舞賦予了火屬性的巨鎚，像颱風那樣旋轉著前進，讓湧向她們的怪物主動送死。

既然無法靠反應打中怪物，就只能土法煉鋼，猛揮即死級攻擊來解決了。

「妳們都還好嗎？」

「唔唔，好暈喔……」

「伊茲姊……我可能有點不行了。」

不過結衣和麻衣製造的死亡風暴一隻不剩地砸爆了前來挑戰的怪物，沒能碰到她們一根汗毛。

「只剩克羅姆啦？他應該不會有事吧。」

「是啊。他可是出了名的難纏呢。」

等到結衣和麻衣終於不暈，克羅姆才從霧中姍姍來遲。

「唉……我最後喔。」

「看吧，果然是活跳跳的。」

「ＨＰ還是令人起敬的全滿呢。」

「還好啦……一直被怪物包圍，打得累死了。圍到跑不掉就一直打，打到我都升級了。話說我們【大楓樹】的人也太會突破一對多的險境了吧。」

克羅姆不禁苦笑。

就連原本不擅戰鬥的伊茲都能突破，可見她的殲滅能力真的就如克羅姆所言。

從她在第四次活動也能理所當然地對抗大型公會，也可窺見她的實力。

「我看你也夠扯啦，另一種方向的。」

「嗯，那不是被包圍還出得來的怪耶。」

看樣子拆散他們團隊的陷阱並沒有造成太大阻礙，六人平安會合後，便繼續攻略第五層。

「再來有會放即死魔法的怪物，把這個戴起來。」

伊茲每人發一個嵌有紅色寶石的戒指。

「這是『替死戒指』，可以擋三次即死效果。」

「……還有這種道具喔？」

克羅姆歪頭看了看從沒聽過的道具。

「這是用剛才殭屍掉的材料做的新裝備啦。呵呵，就當作是補炸彈的錢。」

【魔法工坊】和【新境界】讓伊茲隨時隨地都能製造一般情況所不能造的道具，可以使用路上撿到的材料即時準備性能優秀的裝備。

「有這就輕鬆多了。」

「是吧，這樣就能保留加抗性的魔法書了。」

「那就快走吧。雖然分散了還頂得住，要是踩中地上的陷阱就沒得擋了，小心腳步喔。」

一行人注意著尚無資料的陷阱，同樣讓霞和奏打前鋒。

結衣和麻衣以及伊茲都跟在克羅姆背後。

「霞的走位更漂亮了呢。在霧裡一定砍得很凶。」

沒有怪物來攻擊克羅姆，讓他能穩穩保護結衣和麻衣並觀察霞的動作。

「快打魔王了，都準備好了嗎？」

「沒問題！對、對了，伊茲姊給我們加火屬性的道具很有用喔！」

「我有看到妳們轉出來的樣子。那種攻擊方法……真的讓我有點嚇一跳。」

看到那種揮著巨鎚轉圈圈的移動方式還只說「有點」，能看出伊茲也是那個世界的人了。

對話當中，第五層的攻略仍持續進行。

到頭來即使沒有梅普露和莎莉，路上怪物的水準無法對【大楓樹】成員造成太大的負擔。

六人一路邁進，輕而易舉地來到魔王區前。

「那邊不會出怪的樣子。」

「那就快準備吧。我跟霞先來站崗。」

「好，就這樣吧。」

在站崗的克羅姆和霞背後，奏、伊茲接連加強結衣和麻衣的能力。

「這個、這個跟這個都吃下去喔。」

「嗯咕……咕嚕……」

「呼啊……好了！」

吞下各式藥丸藥水，再接受奏的增益法術，已是她們打王前的慣例。

準備好之後，兩人身上冒出各種顏色的氣場。

「「隨時可以開始了！」」

「好，那就上吧。我來開路。」

隨兩人舉起光芒四射的巨鎚，六人踏進魔王區。

魔王區和先前穿過的區域一樣，是個受到濃霧籠罩的荒地。沒有足夠的遮蔽物，要和魔王正面交鋒。

無頭騎士魔王察覺到六人闖入，從霧中幽然現身。

頸部湧出藍色火焰，身穿老舊鎧甲，提把巨劍騎在殭屍馬上。

剎那間馬高聲嘶鳴，向六人衝來。

「要上嘍，姊姊！」

「嗯……！」

「我幫妳們製造機會！喝啊！」

克羅姆以盾抵擋魔王的劍，推出破綻。

接著四把巨鎚帶著不遜於魔王頸部火焰的光輝毫不留情地砸過去。

「「【雙重打擊】！」」

在搥打鎧甲的聲響中，魔王的ＨＰ急速減少。魔王雖然再揮一劍，又被克羅姆紮實彈開。

「再補一個新產品……！」

伊茲竄上前，在馬附近的地面設置道具。短瞬後碰地炸開，電光蔓走。

這個能暫停魔王動作幾秒鐘的道具，為【大楓樹】帶來極其巨大的效果。

「結衣！再來一次！」

「嗯！」

負責填補克羅姆所不及的霞都不用做事，魔王就被她們倆打得不成人形爆散無蹤。

「呼……好像變成別種遊戲了呢，跟梅普露那種不一樣就是了。」

無事可做的霞看著結衣和麻衣為自己成功擊倒魔王而高興的樣子，不禁這麼說。

「我懂。」

只需要擋魔王兩次攻擊的克羅姆也深有同感。

「反正我這個當坦的本來就是要保護人家，能輕鬆打贏就表示我們有盡責嘍。」

一對多也倒不了的克羅姆和霞在路上比較有表現，結衣和麻衣則是打王特化型。

「我把剛用掉的道具補回來，等一下喔。」

伊茲張設工坊，將貴重的強化道具、ＭＰ藥水、炸彈等都補齊。

能用金幣代替材料製造道具，又能隨處張設工坊，基本上不會有缺乏道具被迫撤退的問題。

無論是戰前、戰中、戰後，他們都能表現出別的公會看不見的特色。

六人就此繼續前進，準備蹂躪下一層的魔王。

「不曉得梅普露那邊順不順。」

「總有辦法的吧。我也不想跟能完全阻止梅普露的魔王打。」

「說得也是……」

六人痛快擊敗第五層魔王後不久，梅普露也和魔王開戰了。

發動【暴虐】化為怪物的梅普露抓住殭屍馬撕扯。

魔王區湧出蒼白火焰與大批殭屍，馬上騎士雙手持劍霍霍揮舞。

在這個宛若地獄的地方，見不到莎莉的身影。

梅普露獨自踹開殭屍，輾過去開路。

魔王沒有穿透攻擊等特殊技能，完全無法削減梅普露的ＨＰ，逐漸瀕臨死亡。

「好！這樣就結束了！」

當行為模式的變化完全不存在般正面輾壓魔王的梅普露又獲得了勝利。

「呃……第六層是……往那邊走！」

梅普露踏著沉重的步伐走進傳送魔法陣。

眼前景象瞬時切換，再也看不見第五層的荒地，來到岩壁凹凸不平，有如山洞的地方。

與過去不同的是牆上到處散布一塊塊的結晶，光輝燦爛。

「好……沒問題了吧。出來吧，莎莉。」

梅普露張開她大大的嘴巴，莎莉啪啦一聲滾出來。

「呃……好像暈車了……」

莎莉頭昏眼花地躺在地上。

沒錯，梅普露在第五層狂奔猛衝時，莎莉都待在她嘴裡。

梅普露恢復人形後，來到倒地的莎莉身邊擺出得意的臉。

「可是這樣妳就什麼都不會看到啦？」

「唔唔……找妳來打塔還這樣，對不起喔。」

「不會啦！妳不是常說人各有所長嗎！而且妳真的很怕這種，也是沒辦法的事。」

「嗯……」

「啊，可是半夜講電話滿累的喔。」

「那、那是……！不、不會了啦！」

「嘿嘿嘿，現在換妳保護我！」

「只要不是那種地區的話。」

莎莉閒聊幾句後平復了點，坐起身來。

梅普露為保護動不了的莎莉所想出的辦法就是，既然無法將她留在守備範圍內，不如就更近一點，關在體內就好了。

等於是羊毛防禦法的怪物版。

「看起來真的很那個……原來被吃掉是這種感覺啊。」

「啊，對了對了，我也有被吃掉過喔！真的嚇死我了……」

「總之我可以繼續再打了……大概。第六層……應、應該沒問題吧？」

莎莉緊張地眺望眼前深邃的洞窟。

一隻如鑽石般閃耀的魔像走了出來。

「太好了……是普通的怪物……」

「呵呵，要連第五層的份一起努力喔！」

「看我的！我會努力到妳坐在旁邊休息也沒問題！」

就這樣，梅普露和恢復活力的莎莉開始攻略第六層。

◆□◆□◆□◆□◆

遊戲管理員檢視活動進度，確定各層特殊機制或道具都正常運作後鬆了口氣。

「現在打最快的到第幾層了？」

「【聖劍集結】到第九層了。」

「其他主要分散在五到七層，每層都沒問題的樣子。」

聽到預料中的回報，一人點了點頭。

挑戰最高難度的隊伍自然比其他難度的塔要少，但也是精銳齊聚。難度不能太高或太弱，需要調整得剛剛好。

「那就好……十層會不會太多啦？第五層就只是拿第六階沒用到的怪物再利用而

已。」

「很難說耶……不過第五層的確有起到不錯的牽制作用，懸念就只有氣氛太像了而已吧～」

準備十個魔王怪和用來放置他們的場地，也是很折騰人的事。

「第五層大部分怪物都要用屬性傷害才打得動嘛，沒那麼容易通過的啦。」

「要找個人看一下嗎？」

「好啊，找個可以一路殺到底的隊伍看吧。」

螢幕隨後播出遊戲錄影，上鏡的是【炎帝之國】的會長蜜伊。看來蜜伊是找了米瑟莉、馬克斯和辛恩一起打。

「四人隊伍啊。」

「【聖劍集結】的培因他們好像也是。」

這兩個ＮＷＯ特別卓越的強大公會，人手要多少有多少，組小團多半有其緣由。

但人數雖少，米瑟莉和蜜伊的魔法攻擊很適合對付第五層的怪物，馬克斯的陷阱能封阻它們的行動，辛恩的【崩劍】讓米瑟莉賦予屬性後也能清理漏網之魚。

隊上沒有坦克型玩家，全隊防禦以閃躲為主，但米瑟莉能以魔法補血或復活，小嘍囉來一個倒一個。

「米瑟莉可以用技能轉讓ＭＰ，當然是大招連發啦。」

影像轉到魔王戰上。蜜伊噴射的大量火焰占滿螢幕，甚至將魔王的藍火推了回去。當魔王退卻時，陷阱的束縛與追擊的火焰更一起招呼上去。魔王四周召喚出來的小怪什麼都還沒做就被攻擊次數高的辛恩連連掃倒。

魔王對他們造成的傷害，也被米瑟莉的持續治療魔法迅速補回。

「火力真猛……」

「只要ＭＰ補給夠，蜜伊的火力真的很誇張。米瑟莉和馬克斯的支援跟辛恩攻擊次數也配合得很好。」

魔王很快就在眾人眼前遭巨大火球吞噬而變成了光。

蜜伊幾個的主要技能不像梅普露那樣每天有限次數，因此他們撿完掉落物就迅速往第六層前進。

「看到魔王攻擊了，差不多就那樣吧。」

「畢竟對手是以最高水準的速度打到第五層的玩家呢。」

儘管原本是廢案，但也十足打出了魔王的樣吧。

被打得無力招架，是對方的問題。

管理員們再查看幾個記錄，發現一口氣突破第五層的隊伍並不多。

「要看看梅普露嗎？她好像過了。」

「也好……其他人都看得差不多了。」

眾人好奇地調出影像，見到梅普露以【暴虐】狀態在第五層肆虐。魔王的攻擊都打中了，但由於不是穿透攻擊，完全打不出傷害。奇怪的是，應與梅普露同行的莎莉卻不見人影。

「莎莉跑哪去了？」

「咦？……奇怪，她人呢？」

調閱記錄後，謎底即刻揭曉。

「……裝在嘴巴裡？」

「……好像是。喔不，我是說有可能。」

一般人不會含著朋友戰鬥吧。

再說應該沒這個必要，保護朋友用【獻身慈愛】不就得了。

「真的搞不懂梅普露的思考邏輯……」

「常有的事啦。或者說，誰有哪一次猜中過她的想法？」

「啊，莎莉幾乎沒有進過第六階的紀錄，會不會是這個緣故？」

面對這個問題，男子只能低頭不語。

「原來如此……可是話說回來……」

雖能猜到莎莉害怕這種恐怖氛圍，但若換作他們，也不會有把朋友含在嘴裡的想法。

最後他們將梅普露擊敗魔王並吐出莎莉當作影片結尾，回去工作。

「關在那個嘴巴裡是什麼感覺啊？」

「要進去看看嗎？」

「再說吧……」

看過影片的人們又開了眼界似的低語。

第五章　防禦特化與高塔第六層

在第六層等待梅普露和莎莉的，是凹凸不平的岩壁和崎嶇路面，牆壁和地面還長出了大大小小的蒼白結晶。其冰塊般的外表令人聯想到第三層的冰窟區。總之不像是有幽靈出沒的地方，兩人放心地迅速前進。

她們攻略第六層所遇到的第一隻怪物，是全身由璀璨寶石所構成的魔像。

這種怪物讓梅普露一看就覺得很難打，不禁後退一步。通道很狹窄，不太容易越過。

「看來我馬上就有得表現嘍！梅普露，掩護我！」

「嗯，莎莉加油！」

莎莉用【破防】攻擊外觀很堅硬的魔像，梅普露的掩護射擊被直接彈開。且魔像不只是防禦力高，ＨＰ也很厚，莎莉只能卯起來砍。

打倒眼前怪物後，兩人拾起掉落物嘆一口氣。

「唔唔……防禦力好高……」

「唉～有夠硬的……」

只是小怪的寶石魔像就完全不怕梅普露的任何攻擊，只能靠莎莉的穿透攻擊打。不過魔像也沒有可以有效突破【獻身慈愛】的招式。

「既然穿不過梅普露的防禦，我們就不會輸啦～除非有特殊道具要拿，不然全部跳過吧。」

「特殊道具？」

「像『萬年冰』那樣的。走到過不去的地方以後再回頭找就好了吧。」

「也對。」

停下來打這種小怪只是白費時間。材料或許貴重，可是取得效率太差，幾乎沒有必要去打。

「魔王也是那樣就慘了。」

「到時候就看我的吧。約好了連第五層的份一起努力嘛。」

「嗯，防禦就包在我身上！」

走著走著，前方出現分歧的道路。

三隻全身由燦爛寶石所構成，狀似士兵的人形怪也恭候多時般從中現身。

他們手持盾與槍排成一排，堵住通道向她們進逼。

「是可以走另一條啦……怎麼辦？」

「跳過跳過！那種防禦力一定很高！」

莎莉被梅普露推出去似的奔向岔路。

「妳的速度不可能甩掉……好像不會追來的樣子。」

「好耶～真是太棒啦～」

「就跑到沒路為止吧。戰鬥當然是跳過。」

「ＯＫ～！希望不要有太多怪……」

然而事與願違，在這個迷宮般的洞窟裡，每條岔路的其中一邊都一定有怪物來襲。

「有怪物的是對的路嗎？嗯～沒有關鍵證據耶。」

「怎麼辦？再打一次，走那裡看看？」

「路線都會留在地圖上，應該沒問題。反正像迷宮一樣，看也看不出要走哪條，怎麼走都會猶豫。先走到死路再回頭調查吧。」

「嗯，知道了！」

兩人極力避免戰鬥迅速前進，填充地圖。

來到之前路線上殘存的空白地帶——一個大房間。

「好像……不是魔王房？」

「對面還有路，應該不是吧。不過感覺會出強怪，小心一點。」

「嗯，待在我背後喔。」

梅普露才踏進房間一步，背後不遠處冷不防啪鏗一聲，蒼白石牆堵住退路。同時大房間地面伸出與石牆同樣的礦石，成為數量龐大的怪物。

「哇！怪物海啊！」

房間設有進入就會突然出現大量怪物的陷阱，如何處理壓倒性的數量是至關重要。

「咦？咦！」

「總之這樣不行！要一個一個來……！」

既然梅普露的攻擊無效，只能靠莎莉全部打倒，可是數量多到難以正面攻擊。面對如此陌生的怪物，莎莉擔心會有穿透攻擊而拉起慌張的梅普露的手，退回僅存的一小段通道。這些怪物似乎不會遠程攻擊，算是不幸中的大幸。

「呃，讓它們打不到就行了吧！」

「最好是這樣沒錯，可是……」

梅普露表示這好辦似的噗一聲長出羊毛，大小足以蓋住狹窄的通道，成為另一道牆。

接著她鑽出頭來，對夾在羊毛牆和礦石牆之間的莎莉說：

「雖然後面一直在戳我，不過這樣就沒事了！」

「呼……ＯＫ，這樣就能輕鬆打了吧。梅普露，我進去了。我不能直接衝到那一整群裡面，只能花時間一隻一隻打了。」

「請進請進，歡迎光臨！」

「好好好，打擾啦。」

莎莉窸窸窣窣鑽進羊毛堆，從另一邊探出頭，用經過伊茲的道具加強傷害，趁梅普露使用【嘲諷】吸引怪物時攻擊，一隻隻地擊倒。

只要能排除穿透傷害的可能，就沒什麼好害怕了。

「這招對不會燒羊毛的怪真的好強喔。」

「毛茸茸的鐵壁防禦喔！」

「這……也沒有矛盾呢。」

戰鬥就這麼進入有梅普露在時特有的邊聊邊打階段。

莎莉的匕首敲擊硬物的聲響持續了好一陣子，後來逐漸減少，直至第一次見的怪物全部消滅。

「呼～再來就是垃圾時間了。」

「啊，結束啦？」

「只剩不會穿透攻擊的怪。雖然麻煩……可是後面的路還沒開。嘿咻……」

莎莉鑽出羊毛，在空間變得很寬敞的廣場裡揮刀。每隻魔像動作都很慢，數量少了以後便能輕鬆料理，不用擔心中暗箭的問題。在梅普露的保護下，莎莉清出了可以好好戰鬥的環境。

「加油喔，莎莉！看、看不到耶……」

梅普露在毛球中扭啊扭地轉方向。只要維持【獻身慈愛】的防禦範圍，她的工作就算做好了。

在她頭鑽出毛球的這段路上，怪物遭擊倒的聲音啪唧啪唧響個不停。

莎莉說得沒錯，最後和垃圾時間一樣，她無驚無險地消滅了殘存的怪物。

「NICE喔，莎莉！」

「嗯，有機會表現真是太好了，還有很多材料可以撿……擋路的牆也消失了。」

「現在咧，莎莉？繼續走嗎？」

「嗯，先看看最裡面吧。搞不好有東西。」

商量過後，兩人決定保留一天只能長一次的羊毛直接走。

以免接下來又是一房間的怪。

「……我來滾吧。」

「隨時可以開滾！」

莎莉手一把伸進羊毛裡，慢慢往另一頭的通道滾去。

接果通道沒有岔路，只有一個小寶箱擺在底座上。

「妳覺得呢，梅普露？」

「感、感覺怪怪的耶……可是我也不想沒開就走。」

「是啊，先看一下好了。」

莎莉對寶箱擊出魔法，確定不是擬態型怪物，並仔細檢查有無陷阱一類的機關。

「沒問題吧。」

「好～那我開嘍！」

兩人伸出手，輕輕開蓋。

檢查結果無誤，寶箱真的沒陷阱。兩人這才鬆口氣往裡面瞧，見到兩捆技能卷軸。

「兩個都一樣的樣子。來，這妳的。」

「好耶！什麼技能咧～」

【結晶化】

一分鐘之內【ＡＧＩ】減半，免疫任何負面狀態。

每三分鐘能使用一次。

取得條件為【ＶＩＴ】１００以上。

用了這個，就不用怕之前不時會中的暈眩等效果了。由於不用顧慮【ＡＧＩ】下降，純粹是消除弱點。

「我的給克羅姆大哥好了～我一輩子都不能用吧。」

莎莉的【ＶＩＴ】依然是零，未來也沒有提升的打算，１００這數字遙遙無期。

「那我現在就學起來！」

梅普露立刻攤開卷軸，取得技能【結晶化】。

「這附近沒有怪，要不要在戰鬥之前用一次看看？」

「好哇！那麼【結晶化】！」

剎那間光輝籠罩梅普露，像電鍍一樣全身裹上構成先前怪物的那種礦石。

「皮膚變了的樣子？不過還是能正常動作，好奇怪喔……」

「是滿奇怪的……可是這邊也鍍到了耶。」

莎莉敲敲羊毛，得到鏗鏗鏗的聲音。只憑觸感完全就是岩石。

「把頭抽回去的話，是不是就關在裡面啦？」

「唔咦！有、有點恐怖耶……咦？手、手卡住了拉不回來……？」

「咦……？」

梅普露扭來扭去地掙扎，但她自外露的上半身以下都是羊毛，怎麼敲都是鏗鏗響。

「反正主要效果是免疫負面效果，平常也不會變這樣吧。」

看著上半身露在結晶化羊毛外的梅普露，莎莉不禁唏噓。

「唔唔……要考慮的事愈來愈多了……」

「這也是樂趣所在喔～再來就看妳能不能上手了。」

莎莉再補充一句，等待【結晶化】結束。

她們在這座塔獲得了幾樣技能和道具，需要找個時間測試測試。技能方面光是【大噴火】和【結晶化】就很堪用了。

「塔破關以後還能用銀幣換技能，不曉得技能表是不是跟上次一樣就是了。」

「啊～！對喔。嗯……還是認真考慮過再選比較好吧。」

「選自己喜歡的也不錯喔？靠直覺這樣。對妳來說，我覺得這樣才是正道。不過妳想問我哪個強，我還是會回答妳的啦。」

況且現在多想也無濟於事。梅普露覺得也對而點點頭。

聊著聊著，【結晶化】效果終於結束，兩人繼續探索。

「現在只能往槍兵的方向走了呢。」

「槍啊……好像有貫穿攻擊，討厭啦……」

「那就繼續走沒怪的路吧？就是用夾在盾牌裡那招。」

「咦，可以嗎？……會有白手手喔？」

「…………沒關係啦。」

對於才剛悽慘度過第五層的莎莉而言，人畜無害的白手還算可以接受。而她自己也認為好歹要習慣這雙白手才行。

「那好吧！我趕快來換裝備……出發！」

於是莎莉跳上夾在盾牌之間飄的大毛球，戒備前方。只要敵人不用火，毛球就能飛遍地城。

但一段時間後。

莎莉無力地趴在盾牌上，很累的樣子。

「我不想再進大房間了……」

「就是啊……怪物有夠多……」

這一層的大房間，每間都是怪物海狀態。

每次進入大房間，通道就會封鎖，湧出大量怪物。

所幸全都只會用物理攻擊直來直往，不用擔心穿透攻擊，沒有戰敗的可能。但由於對方防禦力高和具有多種抗性，兩人難以造成有效打擊，很花時間。

「不過妳也讓我完全沒被打到喔！謝謝妳啦！」

「呵呵，這樣我辛苦就有價值了。」

莎莉抬起埋在羊毛裡的頭，要再加把勁。

「看樣子魔王也會很麻煩……」

「唔……希望魔王很廢。」

路上怪物打起來累歸累，但不足以傷害她們，兩人平平安安地來到了魔王房前。

「再來呢，莎莉？直接進去？」

埋在毛球裡的梅普露探出頭問。

「妳的攻擊很可能會沒效，但也要看過才知道……就進去吧。」

「ＯＫ～！那就進去嘍。」

兩人搭配糖漿和朧編出新戰術，最後確定道具夠用就進入魔王房，這次【獻身慈愛】視情況再使用。

推門一看，房裡空間又高又闊。除了蒼白閃亮的礦石外，還有紅有綠。部分地面也結晶化，長出許多像梅普露的盾「紫晶塊」那麼大的晶體。廣場深處有個手持大法杖，身穿魔法師風格的帽子與風衣，身高約一七〇的男子兀自站立。

她們一進房，男子便以杖頭往地面一敲，從地面接連召喚出裝甲布滿結晶的士兵。共有持槍、持盾、持劍三種，往她們逼來。

「哇！出來了啦，莎莉！」

「梅普露，先照計畫觀察一下！」

「嗯！糖漿【巨大化】！【念力】！」

梅普露使糖漿浮上空中，莎莉留在毛球裡，用【操絲手】連接糖漿的腹部與毛球。這是只有梅普露辦得到的空中避難法，讓裝了她們倆的巨大毛球吊在烏龜底下繞著房間飄。

兩人查看底下情況後說：

「哇……比想像中還多耶……」

「哇哇，好恐怖喔……」

地面上充滿身披結晶鎧甲的士兵，而且兩人在空中看情況時，魔法師魔王也在每隔一定的期間持續召喚士兵。

「叫這麼多護衛出來，表示魔王本身的HP或防禦力很低吧。」

「那就該我出動了！啊，要小心不沾到毒……【毒龍】！」

梅普露拿短刀的手伸出毛球發射毒液奔流，魔王隨之反應，在面前設下屏障。毒液雖沖破了屏障，魔王已趁那短暫的停頓躲到範圍之外。但魔王雖能應付來自空中的攻擊，目前似乎沒有攻擊手段，沒有遭到反擊。

再嘗試幾次同樣的攻擊，結果都一樣。

「唔～怎麼辦啊，莎莉？打不中耶。」

「不過我看出一件事了。魔王閃躲的動作不大，速度也不快。想打還是打得中的。」

為保險起見，莎莉也一併注意著士兵的動作。士兵依然聚集在她們正下方，暫且擱置也無妨的樣子。

「喔～！太好了！」

「總之要先讓他停止召喚……再來只能不斷下去地面再上來了吧。能打得夠痛就好了。」

梅普露看著莎莉想法子，自己也開始思考。

不久，梅普露用有詭計的臉叫了叫莎莉。

「……想到好方法了嗎？」

「還不錯喔！」

梅普露也不管沒人偷聽，湊到莎莉耳邊說她的妙計。

莎莉聽的眼睛一睜，覺得有一試的價值而點了點頭。

「知道了，我來做撤退的準備。」

「不愧是莎莉！有夠可靠的啦～！」

「我自己也想試試看到底有多實用啦。」

「好，那就開始吧！」

梅普露挪動糖漿，來到魔王正上方，莎莉則解開毛球與糖漿之間的線，讓毛球垂直落下。

然後她重新往地面吐絲，成功將毛球拉到試圖遠離的魔王附近，同時梅普露發動技能。

「【凍結大地】！」

周圍地面啪鏗一聲結凍，附近士兵和魔王的動作都因而停止。

莎莉再度往魔王身旁吐絲，將毛球射向動作停止的魔王。

「莎莉！麻煩嘍！」

「嘿、咻！」

梅普露和莎莉用力撥開羊毛，讓毛球往魔王撞上去，使魔王張開手臂不得動彈的上半身塞進毛球裡。

「【結晶化】！」

羊毛表面在吞沒魔王上半身的狀態下硬化，將他半截身子關在毛球裡。

外面傳來乒乒乓乓士兵攻擊毛球的聲音，但傷不到現在的她們倆。

「嘿嘿嘿，成功嘍！歡迎光臨～！」

「你好哇～進來不會開心就是了……一分鐘啊。」

梅普露和莎莉在羊毛裡迎接他，並迅速操縱道具欄取出道具。

都是伊茲製造的強力炸彈一類。

她們恨不得要塞滿羊毛似的，不停裝置犧牲爆炸範圍以提高殺傷力的各種道具。

「啊，莎莉，等等應該會很吵，耳塞給妳。」

「謝啦，時間快到了。」

「嗯，總攻擊！」

受【獻身慈愛】保護的只有莎莉一個。在梅普露點火的號令下，魔王房迸出天搖地動的爆炸聲，火柱與紅色傷害特效到處亂竄。

失去【結晶化】的毛球裡噴出火焰、光束、砲彈、冰刃風刃和碎石等各式各樣的東西。雖然羊毛和它們一併焚燬，魔王也被這凝聚在他身上的各種攻擊炸成炭灰。

其召喚的士兵也盡數消失。

「防禦力跟血真的不多……真沒意思。」

「伊茲姊的道具好強喔～」

「就是說啊……而且一次被那麼多炸……妳懂的。我都替他可憐了。」

「世界本來就是弱肉強食！這次是我們贏了！」

幸虧【長毛】每天只限一次，下個魔王不必承受這個只有外觀的自爆攻擊。

「去下一層？」

「那當然！技能還剩很多咧！」

兩人期盼下個魔王也能輕鬆解決，往第七層前進。

間話　防禦特化與聖劍集結

時間暫且倒流，有個團隊比梅普露她們更早來到第六層。

這群總是位在最前線的拓荒者，即是培因、絕德、多拉古和芙蕾德麗卡等四人。

【聖劍集結】的成員們，以其壓倒性的戰力將魔王一一擊破。

「吼……培～因～你是要累死我喔～？」

「是妳自己答應四個人來打的啊？」

「而且提議的人還是妳自己。」

絕德注意著周圍吐槽，芙蕾德麗卡撇開眼睛。

「唔……對啦，是我提的啦～」

照常去挑戰莎莉而被修理得慘兮兮時，她聽說梅普露邀莎莉兩個人一起攻塔。

後來當培因幾個討論該怎麼編隊來參加活動時，芙蕾德麗卡跳進來說既然梅普露她們要兩個人打，自己好歹也要四個人上，不然很沒面子。

「提議的人一定要堅持到最後才行喔？」

「你們自己也很感興趣不是嗎！」

「梅普露她們是組兩人團打，人數這麼少，很適合用來推測她們的戰力。」

「哈哈，你有夠認真的耶。」

「當然，一部分是因為不想輸給她。」

「那就要用力輾過去啦！喔，馬上就出來了！」

邊聊邊前進的四人轉眼進入戰鬥模式，注視眼前敵人。

三個身穿結晶甲，舉槍持盾的士兵橫列著走來。背後還有穿同樣鎧甲的弓兵。

「這裡這麼窄，別想給我跑！」

多拉古一馬當先掃出巨斧，盾牌與鎧甲迸出喀喀喀的碎石聲。三名士兵遭到擊退，摔得滿地打滾。

隨後有三枝箭從他們後方向他射去。

「【多重屏障】！」

但箭全被芙蕾德麗卡的屏障擋下，無力地掉在地上。

「喔，謝啦。」

「出手再小心一點好不好～？我一個人要防禦跟補血耶～！」

芙蕾德麗卡發牢騷時，三個持槍的士兵正要起身。

「喔？沒傷害？」

「大概需要穿透攻擊吧。以小怪來說有點麻煩……【穿甲】！」

絕德喃喃地奔向前去，以短刀連續刺穿剛爬起的士兵。他能以技能暫時替攻擊賦予穿透效果，且傷害受到被動技能加強，輕輕鬆鬆就把一個士兵變成了光，再直往弓手去。

「【三連斬】！」

他三刀就夠似的砍裂鎧甲，同樣輕易消滅位在後方的弓兵。

為攻擊絕德而轉身的士兵，背上則捱了多拉古的斧頭。

「【破甲】！」

這次是穿透攻擊了。剩餘的兩個士兵聲音響亮地摔在地上，HP歸零而消失。

「比想像中還弱嘛。就只有需要用穿透攻擊這點麻煩而已。」

「絕德，你的技能不錯喔～先前有嗎？」

「這是我最近拿到的短刀技能，妳不能用啦。」

「是喔，真可惜～」

「一路殺過去吧，這點小怪芙蕾德麗卡也能輕鬆應付吧。」

「是啊～只要你小心一點，我就更輕鬆了～」

「哈哈哈！太難了啦。」

「為什麼～！」

他們和梅普露跟莎莉不同，能持續使用穿透攻擊，被打中也無所謂，這種嘍囉根本算不了什麼。如此摧枯拉朽地到處探索後，四人來到大房間。

「打王了嗎？」

「未免也太快了吧？」

「總之小心一點。芙蕾德麗卡，可以幫我重上ＢＵＦＦ嗎？」

「好好好～」

四人一踏進去，通道便升起礦石牆，封鎖出入口。

同時房間地面湧出大量怪物。

「呃，有夠麻煩的啦……」

「怎麼辦啊，培因！」

「我來解決。多拉古，幫我爭取一點時間。」

「看我的！【裂地斧】！」

當多拉古劈開地面，阻擋怪物來襲的腳步時，培因施放自己的強化技能，做好準備後拔劍。

「【擴大範圍】！【斷罪聖劍】！」

在技能推動下，培因要連空間也斬開般揚出光華之劍，一劍將前方的大量怪物斬成兩段。

「【破牆聖劍】！」

他更就此衝向敵群，一劍斬殺三隻怪物。

培因的攻擊轉眼就底定了大勢。

仍被多拉古拖延的怪物躲不了培因的攻擊。

「呼！」

培因以盾擊分化圍繞他的怪物，一隻一隻地斬殺。

每揮一劍，就有一個怪物消失。

相反地，怪物的攻擊不是被盾架開、揮空就是遭到劍的抵擋。

芙蕾德麗卡看培因沒有問題，便專心支援多拉古和絕德。即使怪物量多，對培因也不是太大的阻礙。

他不像莎莉一樣能躲，也沒有梅普露的防禦力。

但也因此表現出比她們兩者更安穩堅韌的強悍。當培因斬出最後一劍，房裡也什麼都不剩了。

「好，結束了吧。」

「辛苦啦～不過你看起來滿輕鬆的嘛。」

「多拉古幫我定住很多怪，我才能那麼輕鬆啊。」

「盾不是擺好看的，擋得真好呢。」

「就是啊，多拉古你多學著點。」

「我可是攻擊特化型喔？那種事我外行。」

「呃……竟敢大言不慚。」

短短幾十秒就收拾掉滿房間怪物的四人，腳步輕盈地繼續探索第六層。

途中又經過幾次怪物海房間，但沒有一間能阻擋他們的腳步超過一分鐘。

過去樓層也都是如此，四人完全發揮其戰鬥力，暢行無阻地將整個地圖逛過一遍。

當然，路上掉的道具、材料和技能全都有撿。

他們在第六層最深處發現的技能，即是梅普露她們也得到的【結晶化】。

「這沒用，跟我的點法不合。」

「我也不能用，【ＶＩＴ】１００根本沒辦法。」

「我也不行～」

「幸好是捲軸，就送給可以用的人吧。」

「我們公會裡就只有玩塔盾的能用吧。」

會使用這個技能的玩家，相信絕大多數是塔盾玩家。

四人當然都想到了梅普露。

「這樣梅普露就不怕異常狀態了呢～」

「看來下次跟她打的時候，要把這一招也考慮進去。」

「就是啊……不過這點程度的技能還算溫和的吧？」

「是啊。聽芙蕾德麗卡說，她最近又拿到強招了。」

「下次一定要打贏她。在那之前，我們好歹要攻破這座塔才行。」

三人隨培因這句話點點頭。這層樓已經搜刮完畢，當然也找到了魔王房的位置。

「趕快打掉魔王往上爬吧。」

「是啊，我已經看膩怪物海了。」

「那就上吧，希望是個可以盡情揮斧頭的地方。」

「打魔王要認真支援喔～」

四人輕鬆剿滅路上怪物，殺進魔王房。

進門後，大尖帽配長杖的魔法師風格魔王隨即現身，見到他們就召喚出大量士兵。

「都是路上那些喔……麻煩死了……」

「怎麼辦～？集中打魔王？」

「好，就這麼辦。」

「收到，看我的！」

要做的事跟怪物海房間差不多。多拉古以【裂地斧】制住士兵，芙蕾德麗卡用魔法攻擊。

然而魔法遭到魔王周圍空中的屏障阻擋，沒有傷害。

「哇～跟我一樣是魔法輔助型喔……」

培因見芙蕾德麗卡攻擊無效，立刻往魔王方向而去。

魔王見培因接近，在身邊召喚出更多士兵護衛。

「又召喚了？頻率好快……」

「拜託～！多成這樣沒辦法守啦～」

「這邊我來打好了……培因！那邊交給你！」

「好！」

「【多重加速】【多重增力】！【戰歌】！【激昂】！」

芙蕾德麗卡接連對培因與絕德施放短效強化。

不只是四、五種，技能魔法通通來的大量強化使兩人身體猛然加速、傷害暴增，武器泛起紅色氣場。

「【穿甲】【旋風連斬】！」

「【擴大範圍】！【斷罪聖劍】！」

房間兩側爆出數不盡的傷害特效。

絕德為武器賦予穿透效果，以高速連擊接連斬殺範圍內的對象，培因一劍就消滅了所有增援。清出眼前空間後，多拉古使用技能加速。

「【衝鋒】！【剛力斧】！接好，給你們嘍！」

多拉古繞到魔王背後揮掃巨斧，將魔王打向培因和絕德。

被打亂陣腳的魔王在周圍張開大量魔法陣反擊，射出結晶箭。

「「【超加速】！」」

兩人瞬時加速穿過箭雨，逼近魔王再添攻擊。

「【四連斬】！」

「【斷罪聖劍】！」

兩人的攻擊刺穿魔王軀體，使其ＨＰ大幅減少。

但那還不足以打倒魔王，他由腳下釋放的衝擊波推開了他們。

「【團隊治療】！」

芙蕾德麗卡替遭箭雨射傷的多拉古和受到衝擊的培因和絕德補血，準備應付魔王下一波攻勢。

只見魔王法杖往地面一豎，張開三道大型魔法陣，各召喚出一隻全身布滿結晶的龍，還有一群士兵隨後而至。

「哈！搞得很豪華嘛！」

「小心一點，恐怕有必要全部殺掉。」

「芙蕾德麗卡，全部殺掉太麻煩了……把我的【穿甲】轉給培因，趕快幹掉吧。」

「嗯～培因，你說咧～？」

「……好，無所謂。就在出事之前解決掉。」

「知道了～大家，提高攻擊力～！」

魔王連續射出結晶箭，結晶龍噴射光束，欲以銳爪在他們身上開洞。四人一面應付士兵的攻擊，一面做好準備。

「【多重全轉移】！」

芙蕾德麗卡的魔法將絕德、多拉古和她自己身上所有強化轉移到培因身上。

能力獲得大量提升的培因放出強烈靈光，舉劍於前方。

魔王瞄準培因放箭，三頭巨龍光束齊噴，士兵如浪潮般湧來。

「【破壞聖劍】！」

然而培因釋放的熾光瞬間推回那一切，斬擊波刨開了地面。攻擊力經過大量提升的這一擊，將箭矢、光束與士兵化為光點吞滅。

在所有人的力量凝聚於一點的壓倒性威力之前，嘍囉是不堪一擊。

「結束了！」

與光同行的培因貼上受怪物保護而還剩一口氣的魔王斬下他的劍，肩坎爆出大型傷害特效。

最後魔王留下一聲慘叫而倒地，啪唧一聲崩散而逝。

「呼……辛苦啦辛苦啦～」

「嗯，謝謝各位。」

培因收起劍，拍拍塵埃。撿拾掉落物並分配好之後，眼前只剩通往第七層的路。

「喔，這一劍好猛啊，培因。」

「能繼續用這招打贏第七層就輕鬆了。」

「都已經過半了，不是每個王都能用這招打吧。」

「我們一定沒問題的啦。」

「也是。ＢＵＦＦ和防禦都看妳的嘍。」

「話說需要防禦的就只有多拉古耶～」

「都還很有精神嘛……那就趕快到下一層去吧。」

「我們走吧。趁現在戰鬥力還很高，能衝多遠算多遠。」

「我們要第一個攻頂喔～！」

「好！那就不能在這裡發呆啦。」

四人以更為強大的力量正面攻克魔王後，就此往第七層前進。

目標是最快攻頂。儘管四人找了很多理由，說穿了就是特別好勝罷了。

第六章　防禦特化與高塔第七層

「這裡……」

「又是好誇張的場景喔……」

在第七層等待梅普露和莎莉的，是將眼前染成一片白的風雪、深至膝蓋的積雪，以及一步前的懸崖峭壁。往上只能望見滿天亂雪，看來是要往崖下走，但風雪讓她們看不清楚。

不像是室內的景象震懾了她們。

或許是沾上雪花的緣故，部分裝備結凍而閃耀白光。

「怎麼辦啊，莎莉？目前看起來是沒有怪物啦。」

「我們像是在懸崖頂端……是要……往下走嗎？」

往哪看都是風雪，難以辨識周遭，只好每一步都小心翼翼地向前探索。

不久，她們發現崖壁上有幾個可供往下踏的突起處，無法往其他方向走。

「要沿著懸崖一直跳了，不過……」

「唔唔，風好強喔！」

除了遮蔽視線的風雪外，腳下還滿是積雪，崖邊又颳著強風，想在這樣的狀況跳上小小的突起處相當困難。即使天候良好，對梅普露而言還是不容易。

「只能往下走，怎麼辦？」

「坐糖漿不就能輕鬆下去了？」

梅普露隨即召喚糖漿，但不知為何沒有反應。

「奇怪？嗯～叫不出來耶，怎麼會這樣？」

見狀，莎莉開啟屬性視窗檢查。

發現裝備有部分技能或效果遭到封鎖，而梅普露放在裝備技能槽裡的主力技能則慘遭全滅。

「【無法破壞】和提升能力值的部分都還在，可是【幻影】和【大海】都不能用了。妳也是這樣嗎？」

「唔唔……真糟糕……可是真的有來到第七層的感覺呢！」

「喔，不錯喔，態度很積極。」

梅普露現在不會為了這點小事就喪氣。即使多了限制，基本上只要不受太大的傷就不會變得消極。

「那我們要直接跳下去？」

莎莉若有所思地看著梅普露笑。

「嘿嘿嘿，這裡好像可以抄捷徑耶。」

「嗯，就是啊。我就知道妳會這樣說。」

兩人站到設有突起處的崖邊往底下看。

即使看不見目的地，梅普露還是可以直接跳下去。

所謂的捷徑，就是靠梅普露防禦力減傷的自由落體。

「只要【獻身慈愛】沒被封，我是可以跟著跳下去。因為正規路線對妳來說很辛苦吧？」

「那就來準備！身體要綁好喔，飛走就慘了……」

「OK～我拿道具出來保個險。」

莎莉空出一手用【操絲手】，另一手拿著來自第五階地區，可以製造水球的道具，和梅普露背靠背綁起來。

「我現在變得自然而然就會想要跳崖了耶。梅普露，這都是妳的錯喔？」

「哈哈哈……要是天氣好一點，我們就用正常方法下去吧……」

「那走嘍？」

「OK～！……一、二、三！」

兩人深吸口氣，大手一擺順勢躍入空中。

就此劃破風雪，頭上腳下地往看不見的地面直墜而去。

「唔唔唔……風聲好大喔！」

「就是、說啊！」

風雪聲隨墜落逐漸減弱，雪煙另一邊隱約可見地面的景象。

那是一整片向天豎立，似乎能穿透防禦的尖銳冰刺。

「唔咦！這、這這這樣不行啦！」

「防人跳崖的劍山嗎……！」

莎莉見狀立刻使用手上道具。這個從第五階的降雨區獲得的道具，往她們下方射出兩個大水球，飄在空中。

「【水牆術】！【冰凍領域】！」

技能與道具所產生的大量流水，被莎莉的技能立刻凍結。

水球即使凍結也依然飄在空中，梅普露和莎莉碰一聲摔在冰塊上。儘管冰塊逐漸碎裂，使她們繼續掉落，速度也因而減緩了。

「就算沒有完全停下來……！」

莎莉再度造出水球使其結凍，在冰球過頭頂時朝它吐絲，擺動身體強行轉向懸崖。

崖上也有冰刺，但比底下地面好多了。

「梅普露，盾牌！」

「咦？啊，嗯！」

梅普露舉盾撞壁，在盾牌範圍外的冰擦過梅普露，傷害特效飛濺。

「唔呃呃……」

「【治療術】！總之先找個地方落腳吧。」

莎莉替梅普露補血，一起在冰構成的突起處坐下。梅普露摸摸擦傷的部位，臉色發青地看著冰刺。

「果、果然不能作弊呢……」

「就是啊……以後不要冒然往看不見的地方跳好了。」

「幸好不是怪物。」

「就是啊。到這裡才無傷通關失敗，感覺好不甘心。」

話雖如此，她們已經一口氣跳過前段中段，就快到崖底了。

「呼……心臟都縮了一下～」

「我也是。幸好有準備保險。」

兩人閒聊片刻直到平復，解開繫在背上的繩索，這次慎重地沿著崖壁走。

她們在所剩不多的正規路線上慢慢前進。

由於會出事的路段已經全部跳過，再來就只是一段一段往下跳，平安著地。

前方是先前眼看就要刺穿她們，比人還要高的冰刺森林。

「……好像只有那裡能走耶。」

底下風雪更弱，視線變好很多。莎莉指著一條通往冰刺之間的窄道說。

「從旁邊經過不會受傷，太好了。」

兩人暢通地穿過林立的冰刺之間。

路上沒有怪物的動靜，看來這一層的難關不是怪物，而是地形本身。

「所以說這些冰刺是真的會穿透防禦吧？要是真的摔下來，大概會直接死翹翹。」

「唔唔……幸好沒有腳滑……」

梅普露幾乎沒受過即死級的傷，聽莎莉敲著冰刺那麼說而不禁哆嗦。

走著走著，眼前頓時開闊起來，出現一座蓋滿白雪的圓形廣場。

「打魔王了？」

「好像沒人在耶……來了？」

前方傳來劈哩啪啦的聲響，一個長滿刺的巨大球體壓斷冰刺快速滾來。

並且在她們面前忽然打開。

出場的是背上長滿周圍那種蒼白冰刺，身體以白雪構成，造型如刺蝟的魔王。

「好可愛！可是……就算很可愛……！」

「滾過來就麻煩了……」

兩人才剛見到魔王用難以從背上硬刺，以及其外觀所能想像的速度滾過來。

那顯然有穿透傷害的衝撞，說什麼也不能接。

刺蝟見到梅普露她們，就蜷起白雪構成的身軀，變成一顆體表布滿冰刺的大雪球衝過來。

「梅普露，舉盾！」

「嗯！【抵禦穿透】！」

梅普露將莎莉擋在背後，想以盾牌架開那龐大的身軀，但抵抗不了這快速衝撞而被撞飛。

「唔唔……好快喔。」

撥雪起身的梅普露雖沒受傷，但若每次都撞飛，根本無法有效反擊。

「要設法停住牠的動作才行。」

「怎、怎麼做啊？」

「……嗯？梅普露，妳看那邊！」

莎莉指向魔王背上，有兩根冰刺從根部折斷了。

說不定將冰刺全部打掉，就沒有能威脅梅普露的穿透攻擊了。

「試試看吧。靠攻擊跟確實防禦打光冰刺的話一定打得贏。」

「嗯，加油！【全武裝啟動】！」

梅普露啟動武器，朝準備滾過來的魔王開火。

儘管擊中背部不會造成傷害，但打斷了幾根冰刺。

「來嘍！」

「【衝鋒掩護】！」

梅普露射擊到最後一刻，以高速追上莎莉來閃避。

「嘿嘿嘿，好久沒有這樣躲了。」

「再來被打中的話傷害變兩倍，要小心喔？」

「啊！對喔，一定要躲開才行……」

「……在滾的時候攻擊好像沒用耶。」

「真的耶！虧我射到最後才躲，結果都沒斷。」

「總之先把可以攻擊的時機查清楚吧，好像會有很多變化。」

「嗯！能躲就不可怕了！」

「這樣的速度感覺還好，攻擊就交給妳嘍。」

「好喔～！那躲就靠妳嘍！」

梅普露就這麼繼續開火，配合莎莉閃避使用【衝鋒掩護】躲開衝撞。

滾動時似乎是無敵狀態，但對於她們兩個而言，把握魔王停住的這段時間攻擊並不難。

反覆幾次後，兩人成功將牠背上的刺全部打斷。

扎。

「很好～！行了吧！」

穿透攻擊的威脅解除後，梅普露挺胸歡呼。

隨後，刺蝟魔王在準備對付下次衝撞的兩人眼前因雪滑倒，摔個四腳朝天不斷掙扎。

「好機會！」

「呃，可是有點遠！」

「莎莉！抓住我！」

「咦？啊，知道了！」

梅普露砲管指地一炸，直接往魔王飛。

墜落在其空門大開的腹部後，露出一臉計謀得逞的笑。

「【火球術】【三連斬】！好，有傷害！」

「呃……我能用什麼攻擊……啊，【百鬼夜行】！」

手忙腳亂的刺蝟兩側冒出兩個大鬼，用鐵棒猛敲一頓，造成傷害。

「這、這畫面……」

「傷害有點小耶……哇！」

「可能有物理抗性，我們先退後！」

魔王好不容易翻過身而抖落梅普露，莎莉接住她並跑遠。不具火屬性的攻擊傷害似

乎都有減輕，傷害不如預期。

「嗯……啊！你們不用再打了啦！」

大鬼繼續追打倉皇鑽進雪中的魔王，但沒有打出傷害。

「啊！牠逃走了！」

「呃，這恐怕……」

一會兒後，躲藏的魔王再度現身。

背上披滿了新的冰刺。

等魔王出來的兩個大鬼又圍上去一頓揍，還來不及打斷所有的刺，就正面遭受衝撞而消失。

「啊～！」

「攻擊力可能變高嘍！梅普露，一定要躲開！」

「好、好的！我也不想被撞到……」

梅普露的強力攻擊幾乎不能用，兩人團人手又不夠，想打敗刺蝟還需要很長一段時間。

能否保持專注，將是勝利的關鍵。

兩人反覆躲避衝撞再稍作攻擊並拉開距離，慢慢削減魔王的ＨＰ。

只要小心應戰，不至於被牠擊中。

「躲開……攻擊！」

「好，過半了！」

見到血條變色的里程碑，兩人更加專心應戰。

在這受了傷，之前的努力就全白費了。然而刺蝟又在兩人眼前沙沙沙地鑽進雪中，消失不見。

「又來！」

「梅普露，行為模式可能變了，我們先退後看一下！」

「知道了！」

莎莉使用【冰柱】，繫上絲線迅速離開地面。

就在這之後，地面以不規則範圍刺出冰刺，差點就刺穿她們。

「好、好險喔……」

「鑽到雪裡就要注意地上了。妳看，魔王就在我們下面。」

「了解了解。」

說到這裡，地上的冰刺縮了回去，魔王鑽回地表。

「又出來了，下去嘍！」

「ＯＫ～！」

兩人同樣等刺蝟衝撞，往旁邊躲開。

不過這裡也出現了行為變化，牠路線猛一改變，往她們躲的方向撞過來。

「哇！掩、【掩護】【抵禦穿透】！」

梅普露急忙發動技能，在莎莉面前舉起塔盾。

直接撞上盾的冰刺啪啪啪地碎裂，但魔王速度並未因此減緩，硬是滾了過去。

「好險好險……擦到頭了啦……」

梅普露忍不住摸摸腦袋瓜，確定沒損血後往牠滾去的方向看。

「做得好啊，梅普露。不好意思，下次一定躲得更好。」

「嗯，拜託啦！」

兩人同樣躲開再度撞來的魔王，當然魔王又改變了方向。

「【跳躍】！嘿、咻！」

莎莉以【跳躍】退開，往梅普露吐絲，將她拉離魔王路線。

魔王沒有二度轉彎，兩人看著牠直線滾走。

「用【衝鋒掩護】的話，被打中會很慘喔。」

平時當作不存在的受兩倍傷代價，面對有穿透攻擊的對手時可不能輕忽。一旦【抵禦穿透】效果結束，就可能對HP低的梅普露造成致命傷。

「血再少一點，就會再多轉一次吧？」

「很有可能。在模式改變前一口氣解決吧。」

對於能用技能往上避難的她們而言，地上的冰刺不成威脅，只要重複同樣行動就能紮實打出傷害。

她們還用上伊茲給的附加火屬性道具，削魔王血的速度順得不像是技能遭到限制。

「跳上去嘍！」

「好～攻擊時間！」

兩人使用噴著火的武器與技能，再度攻擊失去棘刺且翻出肚皮的魔王，終於將ＨＰ扣到剩兩成。

但才剛喘一口氣，魔王又鑽進了地下。

「快避難快避難！」

「走吧。動作又要變了，小心點。」

兩人攀上冰柱，觀察魔王下一個動作。

地面照舊接連刺出冰刺，最後魔王在場地中央縮成一團披上冰刺，再高速旋轉射出去！

「糟糕！」

「【掩護】！」

巨大的冰刺撞上塔盾，碰碰碰地破碎。光是努力抵擋接連飛來的冰刺，就讓梅普露無暇他顧。

「唔唔，力道好猛喔！」

「仔細擋好，不要被擦到了！」

在不安定的狀態下抵擋了這大砲般的攻擊一陣子後，射光冰刺的魔王又想鑽回雪裡。

不過她們可不會眼睜睜看牠跑。

「我們也很會遠程攻擊的啦！」

「麻煩死了，別想再鑽！」

這次地面冰刺似乎不消退，梅普露讓莎莉固定住身體，啟動武裝狂射砲彈光束。莎莉使用魔法和道具，給予梅普露火力支援。

或許是因為有火屬性的弱點，只見魔王僅存不多的ＨＰ迅速減少，總算在鑽進地下前成功擊倒。

「好耶！」

「嗯，守得好，謝啦。」

「沒有啦，都是靠妳的【冰柱】。沒有那一招，我早就被地上的刺插死了。」

「呵呵，各司其職啦。因為有妳，我們才能那麼簡單就打倒牠呀，而且大概也跳過了中間的地城部分……」

「啊，都忘了我們是這樣過第七層的。」

「下次要確定安全以後才能跳喔。」

「哈哈哈……我會注意的。」

第七次活動的這座塔只剩三層時，兩人決定先回去。

道具使用了不少，梅普露的技能和【機械神】的武器也打完了。不如先回【公會基地】休息恢復戰力，順便問問克羅姆他們的進度。

◆□◆□◆□◆□◆

兩人返回第五階的公會大廳時，克羅姆等人正好也回來休息，梅普露便把握機會跑過去。

「喔，妳們也告一段落啦？」

「對呀！技能幾乎用光了，今天就到這裡。」

「妳們打到第幾層了？」

「剛好打完第七層喔！」

兩人接下伊茲補的飲料，拉椅子坐下聊。

克羅姆這邊是打完第九層了。

「哇～！好厲害！」

「嗯，我們也要趕快追上喔。」

「第十層的事我們就不爆雷了，以免破壞妳們的樂趣。總之第十層魔王很強喔～」

「我們就是打輸才回來的。妳們應該一樣打得到，最好小心一點。魔王的攻擊又快又重呢。」

這消息讓她們很驚訝。能擊敗這六人，不難想像魔王有多強。

「梅普露姊姊……妳們要加油喔！」

「我們一定會想辦法打贏的！」

「話說我們算是觀察情況，所以我的魔法書都還沒用到。魔王的攻擊也不是說多豐富，真希望妳們能贏。」

儘管六人還有道具或戰術沒試過，卻一致認為第十層魔王是可怕的強敵。

「……這、這個魔王這麼厲害啊，聽得我好緊張喔。」

「梅普露，現在緊張太早了啦。我們還要先打過第八、九層呢。」

「說得也是！要做好萬全準備才行。」

「道具不夠要跟我說喔。對了，我用塔裡掉的材料做了幾個新道具，以後有需要再來跟我拿吧。」

「謝謝！」

「嗯，太好了。兩個人火力不夠，真的會消耗很多強化道具呢……」

梅普露的火力基本上是固定數值，沒有【ＳＴＲ】也能打出傷害，但反過來說就是火力難以成長。

魔王愈強，莎莉的火力就愈重要。

「我們這裡有三個ＤＰＳ呢。話說我好久沒感受到補血的溫暖了。」

「因為平常有梅普露在嘛。」

「幸好我們有麻衣跟結衣，魔王打得很輕鬆。」

「很高興能幫上忙！」

「這次都有打中呢……」

梅普露見到她們為自己拿出好表現而堆滿笑容的樣子，很慶幸自己當初邀請她們進入公會。

接著話題來到覺得哪個魔王最難打。

「那個書魔王最辛苦吧。」

「是啊，我的武士刀技能跟克羅姆的復活技能都被搶走了……」

「麻衣跟結衣的攻擊力也暴跌了呢。」

不僅是梅普露，所有公會成員都有多種強大技能。一旦被搶，戰術自然就毀了。

「啊～那個真的很難打……我的技能幾乎被搶光了。」

「不過她還是把傷害都擋掉，最後把【獻身慈愛】塞給它，讓我有更多地方能打才贏的。」

「她還是一樣很誇張耶。」

奏的話讓梅普露連忙搖手補充：

「可是可是，莎莉在我被【獵食者】咬的時候，把【機械神】的攻擊全部躲掉，還把魔王幹掉喔，超厲害的！」

「我也好久沒有都靠自己躲，不靠【獻身慈愛】打王了。還滿好玩的。」

「妳連【機械神】的槍也躲得掉啊？」

「那種事只有妳做得到吧。」

聊著聊著，一邊開始覺得梅普露和莎莉正常打的樓層偏少，一邊說六個人打就能輕鬆打倒魔王也不正常。

「這次活動結束以後，我們再一起去逛吧～」

「嗯，這樣也不錯。那要先認真打完第十層喔。」

「我們也會重新擬定戰術，在外面等妳們的。」

「我們也不會輸的！一定會努力追上去！」

相約活動結束再一起探索後，大夥繼續聊活動中發生的各種趣事。

閒話　防禦特化與炎帝之國

【炎帝之國】的蜜伊等四人來到第七層，從風雪連天的崖頂往下看。

風雪依然猛烈，看不清地面。

「第七層是冰雪世界啊，看來是蜜伊的主場。」

辛恩這次也是擔任副攻手，拔劍支援。

「好像是要往底下走，不過沒什麼地方能落腳就是了。」

「我先走……說不定有陷阱……」

「好，交給你了。米瑟莉，顧好他ＨＰ。」

「嗯，那當然。」

四人就此沿崖邊的狹窄突起處，往崖底前進。

「哎喲喂，掉下去就完蛋了吧。」

「等等……我想那邊可能有鬼……」

帶頭的馬克斯指著一處比較寬的平面說。若繼續前進，無疑要經過那裡。

「不過現在技能被封……不能確定有沒有就是了……」

平時他能藉裝備技能鎖定陷阱的位置，但目前遭到第七層效果的封印。

儘管馬克斯只是覺得有陷阱，沒有實據，三人還是相信他而停下。

「馬克斯覺得有就有吧。」

「嗯，我也這麼想。」

「怎麼辦，恐怕不好繞過去。」

「辛恩，你打打看。」

「嗯，看我的！【崩劍】！」

辛恩的劍隨這一喊分裂成許多懸浮的小劍，再頓時射出去刺上突起處與其一旁的崖壁。

突起處閃現光芒，一枝巨大冰刺刺了出來，幾秒後消失。

馬克斯打手勢要大家快過。

眾人跟隨馬克斯迅速通過，之後的陷阱也被他一一識破，在通往崖內的洞窟裡喘一口氣。

「太厲害了吧……馬克斯，你怎麼知道有陷阱？」

「不能用技能沒錯吧？」

「憑、憑感覺……？」

儘管說得很沒自信，技術仍是貨真價實。即使沒有識破陷阱的技能，陷阱也依然逃不過他的經驗和直覺。

「幸好有你，不然我們早就被推到懸崖底下去了吧。」

「路上我努力一點，打魔王就靠你們嘍……」

「沒問題，冰系魔王不是我的對手。」

「嗯，那就要先把妳送到魔王面前了……」

經過短暫休息，四人往崖中洞窟前進。有些下坡的洞窟頂上布滿大量冰錐，地面和壁面也完全結凍，四人在兩人並排走也有點勉強的洞窟裡小心探索。

「好滑喔，很難走耶。」

「！……各位，有東西來了！」

帶頭的馬克斯剛說完，洞裡就飛出大量白蝙蝠。

「算不了什麼……看招！」

在蝙蝠吐出冰氣之前，辛恩的飛劍就將牠們一一刺穿。

狹窄的洞窟裡難以閃避蝙蝠的攻擊，但反之亦然。辛恩的飛劍長驅直入，蝙蝠沒能逼近他們就遭到全數消滅。

「很好，今天狀況不錯。」

「我們什麼都不用做呢。」

「就是啊。」

「妳們力氣都要花在打王上吧？路上我當然要多打一點。」

後來蝙蝠又來襲好幾次，每次都是辛恩一個人清場。

一行人使用繩索垂直從洞穴下降，繼續往下前進。

底下是個較為開闊的空間，結冰的地面上有許多孔洞。

「變寬一點了呢。」

「地上都是洞，說不定會有東西跑出來。」

「剛說就出來了啦！」

地面孔洞爬出好幾隻小刺蝟。牠們高聲尖叫，便有冰牆堵住了廣場的出入口。

「上面有冰錐掉下來了！」

「下面也有！」

「【豪炎】！」

蜜伊的業火彷彿要將刺蝟和冰錐連同堵住出入口的冰牆一起融化。但部分冰錐似乎有特殊設定，儘管火焰充斥了整個空間也無法全部破壞。

「唔……！」

「【神的吹息】！【治癒之光】！」

米瑟莉趕緊使出廣域減傷兼持續治療的技能，與直接補血的技能。

四人被一根根冰錐削減的ＨＰ快速恢復。

當火焰止息，冰錐之雨和地面冰刺也不再來襲，四人都還站得好好的。

「ＮＩＣＥ！幹得好，米瑟莉！」

「謝謝……」

「還沒結束！要先解決來源才行！」

「又出來了，別讓牠們下去！」

蜜伊和辛恩合力消滅探出頭的刺蝟。當牠們全部消滅，堵塞出口的冰牆也啪唧一聲破碎消失。

「呼……血很少嘛。」

「我還緊張了一下，不過有米瑟莉在的話，這點也沒什麼好怕的。」

「我不太能應付突發狀況……得救了。」

「謝謝。可是裝備技能被封印，補量變少很多，要小心一點打喔。」

「其實很足夠了，但我還是會小心的。」

四人就這麼不停往下，從懸崖下半部來到室外。

風雪已減輕很多，能看見原本迷濛的地面。

「喔～好多刺喔。」

「就是啊。既然能看得這麼清楚，地面應該就快到了吧。」

「說不定快要打王了，隨時備戰。」

距離崖底只剩一小段，眾人開始準備打魔王。

路上陷阱眾多，以數量壓人的小嘍囉也不時襲來，但那些東西不是他們四個的對手。四人以馬克斯和辛恩為中心，有驚無險地到達崖底。

「走得好遠了呢。」

「就是啊。從中間開始都在懸崖裡面，沒什麼感覺。」

「怪物也滿少的。那麼再來要怎麼走？」

「走那邊吧……？」

馬克斯指著冰刺間的小路。若排成一列，是能在冰刺林裡頭走。

「嗯，沒陷阱的樣子。」

「那就走吧。」

蜜伊雙手蓄力，做好隨時遇見魔王都能使用【炎帝】的心理準備。穿過冰刺林後，四人面前出現廣大的雪原，背上長滿銳利冰刺的大刺蝟在他們準備武器時現身了。

「蜜伊，打王嘍！」

「好像是路上那種的特大號耶！」

「【炎帝】！」

對上魔王的瞬間，蜜伊開掌放出熾烈火球掃除風雪，照亮雪原。

「都準備好了吧！我們上！」

戰鬥就這麼在蜜伊的呼喊中開幕了。

刺蝟蜷成雪球，身上伸出大量冰刺火速滾來。

馬克斯連忙從遠處設陷阱試圖阻攔，但竄出地面的粗大藤蔓和岩壁全被冰刺輾碎，其速度絲毫不減。

「【豪炎】！」

蜜伊身上噴發巨焰，烈火向前肆虐，不是冰雪身軀可以抵擋。

然而魔王勢不可擋地直接撞穿烈火，絞傷錯愕的蜜伊肩膀。猛然減少的ＨＰ，被米瑟莉立刻補滿。

「還好嗎！」

「……我沒事。」

蜜伊看著滾走的魔王，喝ＭＰ藥水補魔力。

「沒傷害嗎。」

「也不是，還是有效的樣子。」

當雪塵散去，蜜伊見到魔王背上的刺少了大半。

正面衝撞蜜伊的烈火，自然不會平安無事。只撞這麼一次，就讓牠的武器變得殘破不堪。

「是要燒光刺以後再打嗎。米瑟莉，幫我補ＭＰ。」

「知道了。」

「【焰火飛馳】！」

蜜伊腳下噴火，高速追擊，在魔王重新衝撞前貼上去，展開不像是法師玩家的近距離攻擊。

她雙手操縱火球燒光魔王剩餘的刺，再就地躍起，凌空擲出炎槍。

這個魔王在滾動時不會受傷，但中間停頓時就不一樣了。魔王的ＨＰ一截截地快速減少。

「蜜伊，要撞過來了！」

「好！」

冰刺斷光光的魔王想滾動而打滑，翻出肚皮任人宰割。

「【ＭＰ轉讓】！」

「【火炎陣】！」

蜜伊獲得米瑟莉轉讓的ＭＰ後發動大招，一道紅色魔法陣以她為中心擴散，火焰遍地飛竄。

這個增強範圍內隊友傷害並賦予火屬性的技能，提升了所有人戰力。

「哼！」

蜜伊用兩顆火球炙烤魔王的身體，並在空中造出火球丟下去。纏繞火焰的劍從兩旁蜂擁而至，燃燒的荊棘從下方綑綁魔王。

「【蒼炎】！」

「化成灰燼吧！」

蜜伊朝魔王伸出手掌，噴射炫目藍色火焰，以自身ＨＰ為代價燃燒魔王的ＨＰ。

最後翻肚的魔王背上噴出藍焰漫地擴散，ＨＰ扣減至零。

待魔王化為光而潰散，餘火熄滅後，辛恩開口說：

「哇……妳的火力真不是蓋的耶。」

「是啊……」

「我都只能專心補她了。」

「喔，謝謝。沒有妳，我也沒辦法打這麼快。」

若不是米瑟莉幫蜜伊補ＨＰ和ＭＰ，她根本不能像這樣狂放大招。

不然作為代價的ＨＰ和ＭＰ馬上就燒光了。

「那應該不是倒地一次就幹得掉的吧。」

「蜜伊好像玩得很開心……比平常更卯足了勁呢……」

「是、是這樣的嗎？」

「我也再提升一點攻擊力好了。」

在回想自己攻擊過程的蜜伊身旁，辛恩喃喃地說。

「這個魔王果然用火打比較痛呢。」

「是啊。各位，還能繼續嗎？」

「當然，這次我沒做什麼事嘛。」

「我也可以……」

「我也沒問題。」

「那就到第八層去吧。」

損耗不多的蜜伊一行決定就此攻上第八層。蜜伊又喝光一瓶ＭＰ藥水，想起她的朋友梅普露。

「不知道梅普露打得順不順……？」

她聽說梅普露和莎莉組雙人團，心想輸人不輸陣，提出組四人團來挑戰。回想著過去每一層魔王，覺得她們應該打得贏而不禁失笑。

「怎麼啦，蜜伊？不是要走了嗎？」

「啊……！不、不好意思，馬上過去！」

蜜伊趕緊挪動想得不小心停下來的腳步，與【炎帝之國】的成員們前進第八層。

途中，她還打算在攻完塔之後，到梅普露那裡去玩。

「那麼第八層是長什麼樣呢……喔？」

「是叢林呢……」

到處是大樹、草叢與藤蔓的第八層，可說是和蜜伊不合到極點。

「要先確定樹會不會燒起來才行呢。」

「不會燒的話就讓蜜伊火力全開吧！」

「……我不會像剛才那樣全開啦。」

覺得自己可能是打到怕火的魔王而有點太忘形，讓蜜伊有點害羞。

第七章　防禦特化與高塔第八層

隔天，梅普露和莎莉不負其宣言做好準備，總算要踏上第八層。

「終於要打第八層了呢。」

「會是什麼感覺啊？」

「我故意不問克羅姆大哥他們，就是為了留到今天自己看呀。」

兩人齊步向前，從第七層的魔法陣傳送到第八層。

籠罩視野的白光淡去，顯現的是茂密叢林。

這個令人想起活動場地的區域沒有明確道路，前後左右林相都大同小異，到處是深邃的草叢，纏繞大樹的藤蔓，高高的樹上結著色彩繽紛的果實。觀察得再久，也找不到可以當作路標的東西。

「呃……要往哪邊走啊？」

「應該是傳送過來以後的那個方向吧……？」

兩人都沒有自信，只知道停在原處不會有進展，便姑且向前走。這時——

「哇！」

「梅普露！」

似乎有某個東西從背後撞倒梅普露。

莎莉赫然轉身，雙手拔出匕首，凌厲目光掃視周圍草木，但找不到任何敵蹤或陷阱。

「獻、【獻身慈愛】！」

稍晚幾秒，梅普露張開防禦領域保護莎莉。

兩人背靠背戒備了一會兒，沒有再受到追擊。莎莉暫時放下匕首喘口氣。

「唉……梅普露妳沒事吧？」

「嗯，幸好不是打妳。」

「嗯～我完全沒有注意到耶。」

「會是某種陷阱嗎？」

「不曉得，現在還很難說。在第八層裡面，可以麻煩妳維持【獻身慈愛】嗎？」

「嗯，沒問題！我一定保護妳！」

只要發動【獻身慈愛】，莎莉就不怕攻擊。

她總是躲得理所當然地閃躲各種攻擊，所以平時感覺不到她的ＨＰ其實低到被打任何一下就會死。

「不過我們也不能一直挨打，要早點找出犯人才行。」

「我也會幫忙看的！」

梅普露當場啟動武裝，做好隨時開火的準備向前進。

路上有猴型怪物用會爆炸的果實砸她們，或是地面冒出樹根朝她們伸來，但面對開啟【獻身慈愛】的梅普露是一點用也沒有。

「沒有怪物的話就能放鬆心情到處逛了。」

「是啊，而且到現在還不知道是什麼撞倒妳……」

莎莉的神經繃得比平常還要緊，放不下心。怪物都是遠遠偷襲就躲起來，不能出去反擊。

「每個怪物都跑好快喔。」

「就是說啊……連經驗值都不給。嗯～不能過去宰掉好煩喔。」

還不知道魔王房的位置，不能亂用技能。兩人只能一路忽視敵人偷襲，尋找可能是魔王的地方。

找著找著，前方出現一個遭草木侵蝕的古老石碑。

「啊，莎莉！那邊有東西！」

「沒有魔法陣，不像是魔王房的入口……總之先過去看看吧。」

兩人接近石碑，發現上頭有寫字。

「戰勝狡猾的叢林之王，道路即現於眼前？」

「是指魔王嗎？」

「應該吧。」

「那就要——喔！」

說到一半，梅普露冷不防往前一仆，臉整個撞在石碑上。

是受到了來自背後的攻擊。

莎莉急忙轉身，見到一隻巨大的變色龍攀在樹幹上，收回長長的舌頭後隱形消失。

「就是牠嗎……！」

「唔咦，什麼？是什麼？」

「嗯，一開始偷襲我們的應該就是那隻變色龍。然後我猜，我們已經在魔王房裡了，或者說魔王會在整個場地裡到處跑？」

「所以是我們要去追牠嗎？」

「大概吧。可是牠會隱形，好像很難找……剛才那好像是觸發事件以後，讓我們看一下的感覺。」

這裡到處都是樹，梅普露的遠程攻擊效果會大打折扣。莎莉也難以預測無聲無息的變色龍會何時攻擊，無法像平時那樣靠速度來偵察。

「那我們就來追牠吧。」

「要試試看才知道嘛！……呼。」

剛拿出鬥志的梅普露眼睛一閉，就這麼靠著石碑睡著了。

「……梅普露？……啊，睡眠！」

睡眠是種強力的異常狀態，除非受傷否則會無法行動二十秒。

多半是剛才那看不見的攻擊有催眠效果。

接著，上方有一大堆會爆炸的果實像是就等這一刻般砸個天花亂墜。

「所以說『狡猾』啊……幸好有【獻身慈愛】……」

不過這種炸彈傷不了梅普露，也無法解除睡眠狀態。

「只能慢慢等了。」

莎莉看著睡得很香的梅普露，思考究竟該怎麼逮到變色龍。

「嗯……唔唔，奇怪？」

過了整整二十秒，梅普露緩緩起身，慌張地東張西望。

「早安呀。變色龍沒趁妳睡著的時候偷襲喔。」

「這樣啊。【獻身慈愛】沒有消失……太好了。」

「可是……被那個攻擊打中以後過一小段時間會睡著，變色龍又會隱形，恐怕要花很多時間才抓得到。」

「要用伊茲姊給我們的道具嗎？」

日前伊茲提供的道具中，有一項能在使用後暫時免疫睡眠效果。然而時效不長，數量又少。

在不知何時會遇襲的狀況下盲目使用，並不明智。

「要先有辦法接近牠才行，再說不曉得牠血有多少。」

「也對！好，努力把牠揪出來——喔？」

梅普露接二連三遭遇偷襲。有個東西撞上她背後，但這次沒有打趴她，而是直接將她拉向後方空中。

「唔咦咦咦咦！」

「呃，這下糟了！【超加速】！」

梅普露一下子就被拉到【操絲手】的吐絲範圍外，莎莉只好加速追趕。樹根從她背後逼來，果實的爆炎也逐漸要將她吞沒。

「好、好險！差一點點……就死了……」

莎莉連滾帶爬地進入急速遠去的【獻身慈愛】範圍內，感嘆自己撿回一條命。

「唔唔，嚇我一跳……」

梅普露被纏住她的東西扔掉而重獲自由，鏗鏗鏗地摔在地上滾動。

莎莉趕到梅普露身旁，用【操絲手】重新繫起彼此，以免又脫離範圍。

「綁好救命繩……唉，對心臟很不好……」

「嗯，都不曉得什麼時候會打過來……」

「嗯……不過只從背後來的話，感覺是抓得到啦。」

目前變色龍只出手三次。由於從背後攻擊比較有利，現在還得不出結論。

「下次牠再偷襲，我就往那邊打打看。說不定會矇中。」

「對呀，能打中就好了。」

兩人基本上無法主動查知變色龍的位置，只能被動地等牠攻擊。

於是她們決定暫時守株待兔。

「……都不來耶。」

「不用這麼緊張啦，反正都看不見。」

「嗯，好呀啊！開、【開始攻擊】！」

才剛說就出事了，梅普露向前開火。

子彈瘋狂掃射樹木草叢，但沒有任何一處跳出傷害特效。

就只有一些色彩繽紛的水果從樹上掉下來。

「唔呃呃……沾在臉上了啦。」

梅普露不斷用手擦臉，莎莉從道具欄拿毛巾給她。

「大概時間到就會消失了，這招好噁心喔。」

「唔唔，謝謝。」

「剛才沒打到變色龍，不過打下了一些東西，我們去看吧。」

「可能是材料或道具喔！啊，先換一下裝備好了……用『拯救之手』加裝盾牌比較好的樣子。」

「嗯，對呀。不曉得牠會從哪打過來嘛。」

莎莉似乎終於習慣白手，小小愣了一下後很快就恢復鎮定，梅普露的臉也乾淨了。待換好裝備，兩人小心地走向散落一地的果實。

「材料？」

「不，應該是第八層限定的道具。有三種耶。」

一種可以讓人看見隱形的怪物，但看不見不隱形的怪物，一種會暫時免疫異常狀態，一種能標示變色龍位置十秒鐘。

這些效果可以同時作用，需要注意的就屬時效和數量了。顯示隱形怪物的果實再吃一顆才會復原，適時切換處理敵襲將是攻略關鍵。

「喔～！有這些就打得贏了！」

「是啊。我們就在叢林裡繞一繞，多打一點再來找王吧。」

「嗯，就這麼辦！」

為了紮實打倒變色龍，她們忍受著不定時的攻擊，採集了大量果實。重點放在可以標示位置的果實，為攻擊打深基礎。

「好，開始反擊嘍。」

「嗑了再上！」

梅普露咬一口果實，取得變色龍的位置。

然後緊緊抱住莎莉，拖曳【機械神】的爆炎穿過群木之間。

距離瞬時縮短，莎莉用絲線調整方向。

她們不浪費時間慢慢追，要直接衝到魔王面前將之擊破。

「莎莉！往右邊！」

「ＯＫ！」

兩人強行凌空轉向，梅普露再度自炸武器加速。

「很近嘍！」

「知道了！」

莎莉到這時才啃顯示隱形的果實，放開繫住梅普露的線跳上樹。

變色龍跟著吐舌攻擊，被莎莉輕易閃避。

「看得見就不算什麼了！」

她以【跳躍】一舉縮短距離，順勢從變色龍的頭深深斬到尾巴，在正下方的梅普露身邊落地。

變色龍一度現身並慌忙掙扎著向後退，跳上別的樹逃走了。

「莎莉！變色龍的ＨＰ剩一半了！」

「很好，看來就是要用特殊方法打。」

「嗯～大概再砍一次就結束了吧。」

「那就要先把牠找出來了。」

但這次情況當然不會完全一樣，兩人眼前出現好幾個變色龍的分身，到處亂竄。展示牠的變化之後就消失不見了。

「要全部打倒嗎……不會吧？」

「也可能是只有一個是本尊這種。」

「唔～有沒有辦法看破咧……」

「如果看血條就能知道就好了，但不會有那麼好的事啦……」

接下來有得忙了。兩人重整旗鼓，決定下一步。

「一隻一隻打掉吧。」

「ＯＫ～！我試試看。」

兩人用顯示隱形的果實使變色龍可視化，往附近的幾隻灑出大量子彈。

然而牠們似乎早料到這一手，迅速躲到樹幹後。

「唔，不行嗎。」

「都知道要躲耶，恐怕要用範圍攻擊才打得到了。」

攻擊一停，又有幾隻窸窸窣窣爬出來，遠遠地攻擊。

「哇！這次是噴毒液！」

「有梅普露保護的話是不用怕……可是這樣還是不方便，會留在地上的東西真的很麻煩耶。」

「只能像剛才那樣一隻隻打嗎？」

「雖然麻煩，但找本尊也一樣花時間，沒辦法的啦。」

「也對……範圍攻擊啊……啊！」

「怎麼啦？」

「【麻痺尖嘯】怎麼樣？」

那是梅普露手中能大範圍造成麻痺狀態的強力技能。

「可能沒有抵抗力……嗯，值得一試！」

「那就找多一點的地方放……莎莉，抓住我！」

梅普露緊抱莎莉，像先前那樣拖曳爆炎炸上天空，來到三隻變色龍附近發動技能。

「【麻痺尖嘯】！」

變色龍身上迸出觸電般的特效，其中兩隻癱軟地掉到地上。

兩人把握機會，用魔法和槍彈解決牠們。

而牠們沒有化為光消失，而是如霧氣般飄盪散去。

「看來是要找本尊那種。」

「嗯……麻痺不是必定有效耶。」

「很夠了啦，這樣就輕鬆很多。」

「嘿嘿嘿，很高興派上用場！」

「嗯，謝啦。」

打倒兩隻變色龍後，看不出叢林有任何改變。看來是如莎莉所說，要打倒本尊才行。

「好！下一個！哇！」

「梅普露嗚！」

當梅普露要再接再勵時，前方有個看不見的東西將她打飛。

用絲線和她綁在一起的莎莉也跟著往後飛走。兩人都吃了可以看穿隱形的果實，看不見原本可見的攻擊。

「唔唔……討厭啦！真的嚇我一大跳……」

「好、好想趕快離開第八層喔……」

看不見的攻擊實在很難習慣。

尤其是對於平時不會挨打的莎莉而言。

不過現在要做的事簡單明瞭，將視線範圍內的變色龍趕盡殺絕就行了。

「既然【麻痺尖嘯】有效，表示伊茲姊給的麻痺道具也有用。我沿路灑，梅普露就專心飛。」

憑梅普露本身的ＭＰ使用不了【麻痺尖嘯】，要消耗裝備技能格的次數限制來代替ＭＰ的消費。

這同時也減少了【毒龍】的使用次數。

「希望今天能直接攻頂！我要省著點！」

「嗯，可是……在上第十層之前可能還需要重新準備喔。」

「啊，對喔。聽說第十層魔王很強嘛。」

「真想保持全勝。」

「那我們就趕快把第八層打完吧！」

梅普露一如既往用砲擊加速，閃避樹木這些細部調整由莎莉處理。

莎莉定期吃下顯示變色龍位置的果實，引導梅普露。

變色龍速度並不慢，只是梅普露和莎莉機動力更高，一旦炸上了天就幾乎打不中。

變色龍的分身就這麼一一減少，果實所揭示的圖標順利地剩下最後十隻。

然而——

「怎、怎麼都打不到本尊啊！」

「到底在哪裡咧……啊，梅普露！右邊右邊！」

「咦，哪裡哪裡？」

在十秒內能看出變色龍位置的莎莉，發現有個圖標浮在什麼也沒有的地方。

於是她從道具欄拿出兩個看破隱形的果實，一個塞進梅普露嘴裡，發現一隻沒有隱形的變色龍。

「絕對就是牠！」

「可是……啊，跑掉了啦！」

「看我的，我來追！」

自爆飛行中無法急停，梅普露往樹上撞來強行著地。

莎莉迅速解開絲線，直接衝向變色龍。

「【超加速】！別、想、跑！【跳躍】！」

她跳到用舌頭捲樹枝逃跑的變色龍身上，匕首狠狠地刺下去。變色龍慘叫一聲後再也不動，啪唧一聲消失了。

「莎、莎莉！還好嗎？」

梅普露沙沙沙地撥開草叢接近的同時，樹木也嘩嘩嘩地搖晃起來，有意識似的讓出一條路。

路的另一端有道光柱，底下無疑是魔法陣。

「順利打敗嘍。」

「果然厲害！臭變色龍害我一直嚇到……總算是打贏了。」

「嗯，幸好有妳的防禦力，這次還不用清路呢。」

「那我們趕快到下一層去吧！」

「嗯，走吧。」

兩人就此邁向魔法陣，齊步踏上去接受傳送。

第八章　防禦特化與高塔第九層

想像下一層魔王和沿路會有何種風景的兩人，來到滿天星斗之中。

然而有個問題——她們發現自己人在空中，正在墜落。

「咦……？」

「啊……？」

兩人妳看我我看妳。繼續這樣下去，就是直線墜地。

「「咦咦！」」

在加速度中，莎莉對梅普露喊：

「梅普露，叫糖漿出來！」

「嗯，知道了！」

但她叫了也沒用，技能沒發動，而且莎莉的【操絲手】也是。

「我、我什麼都不能做！」

「只能往下掉……？」

當兩人準備聽天由命時，速度突然逐漸減緩，最後在空中靜止不動。

「飄起來了？」

「好像是。」

兩人冷靜下來查看四周，發現附近有幾個星形平台飄在附近，閃閃發光。她們身上也有相同的光，飄浮就是因為光的緣故。

「梅普露妳看，我們現在身上有特效。叫做【星之力】，只能持續兩分鐘……不過在星星平台上待二十秒就能重上。」

【星之力】

效果持續兩分鐘，玩家在這段時間可在空中飄浮。

在第九層中的星形平台上待二十秒即可補充。

「也就是不時要上去休息一下才行吧！」

「現在技能能用了，大概是進入戰鬥區域了吧。」

「太好了，這次也要麻煩糖漿啦。」

梅普露可以讓糖漿巨大化，獲得在自由浮游的優勢。

莎莉只要夠靠近糖漿，也能吐絲緊急避難。

這時，天空似乎在等她們準備好，逐漸出現變化。發著白光的星星慢慢落下，停在她們前方不遠處，並在警戒的兩人前迸出滿天白光，撲成小星星的道路。有的往上有的往下，像踏腳石一樣，中間還有幾個可以補充【星之力】的星形平台，四通八達的路線往遠方延伸。

「喔！好像可以走上去耶。」

「不會飄也沒關係？」

「不曉得。【星之力】結束以後還是有掉下去的危險，先把糖漿停到那附近吧。」

「知道了！」

兩人首先測試【星之力】失效時，會不會從路上掉下去。

等到效果結束，兩人的腳立即穿透星光之路，開始墜落。

「嘿、咻！」

莎莉往糖漿吐絲懸著自己。看來沒有【星之力】是無法走在這條路上。

兩人返回附近的星形平台補充【星之力】，重新望向眼前的道路。

「感覺是要抓準時間一個一個平台前進耶……」

「有【星之力】就可以直接飄，不用在路上走吧？」

「嗯～再等等看怎麼樣？」

「好哇～在這種星星平台上面不會掉下去！」

兩人在起點等了一會兒，見到遠處有股炫目的星河湧來，將星光路沖得一點不剩。

再過一段時間，天上又有星星飄下來鋪成道路。

「有限時間？」

「是啊。靠【星之力】飛很慢……我看是來不及啦。」

莎莉也覺得糖漿的速度不夠快，但她們有更快的飛行手段。

「用炸的？」

「嘿嘿嘿，被妳發現啦？」

「其實也沒關係啦。因為有【星之力】，在空中也能控制方向。」

兩人決定不管路直接飛。為保險起見，她們等到下個週期到來就留下爆煙飛上了天。

「……！路還滿長的耶。」

「唔……不知道夠不夠炸。」

【機械神】每次造出的武器數量有限，用完就得繼續破壞裝備。

梅普露在空中再炸一次武器，二度加速飛行。

途中負責哨戒的莎莉注意到一件事。

「梅普露！上面有星星掉下來！」

「有【獻身慈愛】，不用怕！」

梅普露還發動【抵禦穿透】，拖著火與煙的尾穗劃過星空，但還是有顆星擊中了她，擊退效果讓她摔在星光路上。

「唔……」

「快到最近的星形平台上！不補【星之力】就不能控制了。」

莎莉向梅普露提議，若下次星星快擊中時她會減速躲開，並在補充【星之力】後再度升空。

底下閃亮亮的道路有幾個像是路障的陷阱，但她們完全無視。

上方的星星，莎莉會算準時機急停躲開。兩人距離道路重設還有不少時間就來到了終點。

終點有扇星月造型的閃亮門扉兀立在星空中，還能看到背面。兩人一眼就覺得門開了就會通往其他地方。

「走吧走吧！說不定門也會消失喔！」

「嗯，要重走就麻煩了。」

兩人在痛失時機前趕緊開門進去。

門隨她們穿過而消失，眼前有幾個星形平台，還有設為圓形的天空。

「有東西來嘍。」

「嗯，沒問題。」

星光燦爛的夜空中，有個她們倆手拉手也環抱不住的黑色圓柱掉下來，還伸出兩條有十公尺長，帶鉤爪的手。

圓柱與天空的連結斷裂後，看似臉的部分露出兩個發亮的眼睛，下方的裂口發出巨大咆哮。

那外型明顯不是小嘍囉，讓兩人緊張起來。

「魔王？」

「恐怕是！」

他似乎不像第八層魔王有特殊機制，頭上顯示了血條。兩人感到這次真的要認真戰鬥，舉起了武器。

「先打先贏！」

「直接衝到魔王那去！」

這裡和第八層不同，沒有遮蔽物。梅普露無視【星之力】般自爆，想帶莎莉衝到魔王眼前。

但魔王也不會平白放行，往梅普露橫掃手臂。

「嘿咻！喝啊！」

梅普露一個扭身，用附帶【暴食】的塔盾抵擋並造成傷害，但也因此被掃向一旁。

「會擊退喔！」

「沒有穿透就沒問題！」

即使沒縮短多少距離，知道不會受傷就足夠安心了。梅普露趕緊起身重整架勢。

「那就【全武裝啟動】！【開始攻擊】！」

「！等一下！」

「咦？」

梅普露開火時，兩人身上的光忽而消失，開始往地面墜落。

「看我的！」

莎莉用絲線繫住梅普露，犧牲【AGI】在腳下製造一個個透明踏點，一路跳到附近的星形平台上。

「呼……要是有掉下去即死的設定，妳也撐不住，小心一點喔。」

「好、好的。都沒注意到兩分鐘到了。」

「又打過來嘍！」

「呃呃呃，啊！【沉重身軀】！」

效果是假如【STR】比【VIT】低就會不能移動，但接下來一分鐘將免疫擊退效果。

用了這招就能強滯留在原地，靠【獻身慈愛】抵擋。

「用得好！」

「嘿嘿嘿，難得蜜伊告訴我這招！一定要練一練才行！」

「要是我們打得太急，被他用怪招就糟了，先看看樣子吧。也把糖漿拉近一點。」

「收到～！」

「如果妳沒問題的話，我就分頭去攻擊嘍？這個速度我閃得過，我來吸仇恨也比較好吧。」

兩人直接從第八層打上來，梅普露武器炸得很豪邁，所剩不多了。因此需要保留一部分以防摔落，以能夠用絲線和踏空而行的莎莉為主來攻擊。

「小心點喔！」

「嗯，妳自己不要掉下去喔？」

「我、我盡量！」

莎莉放開繫住梅普露的線，縱身跳上空中，測試浮游的感覺。浮游速度並不快，需要精確判斷閃躲時機。

「只要我拉住王，梅普露的【毒龍】就有用了……朧！【甦醒】！」

莎莉叫出朧放在肩上，向魔王衝去。

「這麼大隨便打都中……【風刃術】！」

為了將魔王的注意力從梅普露身上拉走，她起手就放魔法。魔法準確命中魔王，削減些許ＨＰ。

同時魔王有了動作，一道黑刃往她射來。

「喔……同類型的反擊？」

這點程度的攻擊當然打不中莎莉，閃得輕鬆寫意。莎莉再丟幾次魔法，確定魔王的反擊方式。

並感到不能讓梅普露隨便出手。

「魔王會模仿我們的攻擊！說不定會附加擊退，要注意攻擊的時機！」

「知道了！」

莎莉第八層幾乎沒有閃躲的機會，【劍舞】所給予的提升不多。魔王不僅ＨＰ高，從ＨＰ減少的量也能看出有一定程度的防禦力。

梅普露自己最清楚，她也得加入戰鬥。

「沒有地方能踩真麻煩……嗯……對了！」

想在下次攻擊前想出好辦法的梅普露兩手一拍，忽然有個靈感。

在梅普露思索時，莎莉正慢慢地消磨魔王的ＨＰ。

上前攻擊，魔王漆黑的軀體就會伸出棘刺反擊，而那對莎莉而言不過是用來提升【劍舞】效果的東西。

「血也未免太多了……貼太近又躲不掉……嘿！」

莎莉往上飄而躲過橫掃的手臂，在附近的平台落腳。

「呼……嗯？」

在她思考下次怎麼攻擊時，發現糖漿出現在魔王另一側。

「哇靠，那是怎樣？」

糖漿往地面伸出白柱，梅普露坐在牠背上的寶座。左右兩側有塔盾緊貼著她飄，她自己往前舉直「闇夜倒影」。

盾與盾的縫隙間有粗大砲管伸出來，穿綠衣戴金冠的梅普露勢在必得地注視魔王。

「【開始攻擊】【靈騷】！糖漿，【精靈砲】！」

塔盾之間的四根砲管和糖漿的嘴放出光束，灼燒魔王的身體。梅普露再繼續揮動光束追擊魔王，因而得來的反擊當然不是在空中緩慢移動的她躲得過。

五條黑色光束襲向梅普露，將砲管盡數摧毀。

儘管沒對她造成傷害，但她所剩不多的武裝又少了一些。

「唔……【靈騷】好像沒什麼意義……想不到武器會被打壞。」

梅普露是打算用【靈騷】操縱光束，減少打偏的虛耗，卻事與願違。於是她看魔王攻擊自己後又回頭攻擊莎莉，覺得不用怕擊退而接近，從寶座起身拿「闇夜倒影」砸。

紅色傷害特效迸散，魔王隨之反擊，梅普露用冷卻時間到了的【沉重身軀】擋下。

然後挪動糖漿遠離。

「這樣不用下龜也能打！」

「這樣打太狂了吧～！」

莎莉在下方輕巧跳過一個個平台，躲避揮來的手並這麼說。梅普露又想了想，調整糖漿的位置，守在莎莉正上方。

「【獻身慈愛】上下也保護得到～！我從上面罩妳～！」

「不錯喔！謝啦～！」

這樣萬一莎莉遭到攻擊，也有梅普露頂著。

而且梅普露用三面盾牌加寶座圍住四面抵禦反擊，還有減傷跟補血效果。再來只要拿出伊茲特製的藥水擺在腿上，就是完美的防禦架勢了。

「要記得用【抵禦穿透】……還有【冥想】！」

梅普露的技能愈來愈多，要考慮的事變得很多，還不太習慣。下方則是傳來莎莉活用各種技能的戰鬥聲響。

「嗯～坐著幾乎沒有攻擊技能可以用耶……嘿！」

她從盾牌縫隙間扔出伊茲給的麻痺道具。

被擊飛也沒在怕的她貼近魔王到極限，準頭再差也不會丟偏，黃色特效啪哩啪哩地迸散。

「好像有用耶！那就……嘿！」

梅普露又從道具欄搬出一堆相同道具，在對她又搥又掃的巨大手臂攻勢下扔個不停。

即使一次對魔王的效果並不大，能無視牽制與攻擊持續地扔，情況就不同了。

「好～！麻痺了！」

「謝啦，這樣就可以集中攻擊了！」

莎莉抓緊攻擊機會，使用「禁藥種子」提升【ＳＴＲ】，在魔王還沒用麻痺反擊前，一口氣砍掉大段ＨＰ。

麻痺在ＨＰ降至七成時解除，魔王緩慢地一仰，高聲咆哮。

「先退後！」

「知道了，我跟妳走！」

莎莉對準空中的梅普露飄浮，在遠處的平台落腳。

魔王不停咆哮，而天空出現變化。

許多流星拖著火尾從天而降，將四散各地的星形平台一個個砸碎。

「唔呃……竟然來這套……」

「怎麼辦啊，莎莉？要上來嗎？」

梅普露降低糖漿高度，停在莎莉身旁。

「那邊的平台比較多，帶我到那去吧。在妳身邊就安全了。」

「收到！趁魔王還沒打過來快走快走！」

「嗯，話說他還滿硬的……還以為削了很多呢。」

「就是啊～」

兩人趕在咆哮結束前急忙繞到另一邊去。

「我回上面去喔～」

「嗯，麻煩啦。」

梅普露在平台放下莎莉就慢慢升空了。

咆哮結束，魔王伸出鉤爪掃來。莎莉輕巧地閃過，並貼著其手臂以匕首劃過去。

「反擊次數變多了……！」

莎莉感到背後有東西接近，猛然加速。

緊接著，一枝黑刺劃開空間刺出來。

「看得見就算簡單……了吧。嗯，這樣躲得掉。」

莎莉就此接近魔王，用匕首攻擊。

相對地，幾個大魔法陣在魔王周圍張開，其中一個在莎莉正下方。

「範圍好大……！」

「不用怕！繼續打！」

莎莉想在魔法陣啟動前逃離時，上方傳來指示。

梅普露做好隨時能用【抵禦穿透】的準備，將莎莉納入【獻身慈愛】的範圍中。

「讚啦！這樣的話……」

所有魔法陣向天噴發黑色奔流，肯定是相當強力的攻擊，但梅普露以【抵禦穿透】消除了穿透效果，這種攻擊形同無物。

莎莉將防禦全交給梅普露，跳出黑色奔流並扭身揮刀。

「很好！」

她流水般地躲開反擊，再一次強化【劍舞】效果，加速製造傷害。

藉由反覆的積極上前攻擊引誘反擊，將其轉化為自己的力量。

對於能夠完好撐過攻勢的她們而言，這沖天奔流只有好處可言。

看準較大的破綻連番攻擊後，莎莉在【星之力】效果結束前退回平台。

「我也來……【開始攻擊】！糖漿，【精靈砲】！」

梅普露再次從上空發射光束，用糖漿攻擊賺取傷害。那當然引來了反擊，但這次她小心挪動盾牌抵擋，不讓武器損壞。若攻擊是直接打在她身上，更是再好不過。

「好，賞他一頓粗飽！」

梅普露離開王座，解除坐下時的技能封印。

「【流滲的混沌】！【毒龍】！」

因減傷和補血等益處而犧牲的攻擊力恢復原狀，毒液與蛇怪的嘴襲向魔王，吞掉一段ＨＰ。

「嗯，滿有用的！呃，哇啊啊啊！」

梅普露使出大質量攻擊，當然會受到同樣的回敬。

【沉重身軀】用得還不夠熟練，來不及反應就被黑色奔流沖上天空。

她一直待在糖漿上，【星之力】早就沒了。

「……！」

「嘿、咻！這樣很危險耶。」

「莎莉！」

莎莉見到【獻身慈愛】的光遠離就用【超加速】立刻趕過去穩穩接住她，找個平台放下。

「謝謝，得救了～」

「總之先回糖漿上再說吧。我去吸引一下注意，不要用炸的回去喔。」

「知道了！」

「好。朧，【影分身】！」

吸引注意不是說說，莎莉用上朧的力量加劇攻擊。

莎莉一分為五，全部衝向魔王。

無論是掃來的手臂還是黑色光束，就連背後的偷襲也確實閃避。

在莎莉再度製造傷害，注意力離開梅普露時，梅普露用【星之力】飄到糖漿背上。

「有【沉重身軀】【抵禦穿透】【結晶化】……唔，晚點要跟莎莉請教用這些技能的訣竅才行……現在先【全武裝啟動】【開始攻擊】！」

還不習慣抓時機用技能的梅普露以簡單明瞭的技能為先，對魔王打出大招。

儘管魔王有大量ＨＰ，若反擊或廣域攻擊對玩家起不了作用，當然會陷於劣勢。

莎莉的【劍舞】效果已提升至極，再來只需要全力猛攻擊破魔王即可。

「只剩……三成出頭了！」

「【毒龍】！」

梅普露和莎莉反覆使用毒異常狀態攻擊，終於讓魔王進入中毒狀態，ＨＰ徐徐減少。

這使得血條終於降到三成之下。

「可能又會有變化了，小心一點！」

「嗯！」

戒備的兩人見到魔王雙臂底下的部分如黏液般伸長，變成另一對手臂。

同時天上還有纏繞黑炎的流星接連落下。

且流星的目標顯然是梅普露她們。

「這次好像是對準我們打喔！」

「我來防禦～！」

梅普露將兩面塔盾移到頭上，抵擋大流星。

「唔呃！」

雖然穩穩擋住了，但破碎的流星湧出黑炎，流滿梅普露全身。所幸沒有傷害，只有技能的冷卻時間延長了。以技能攻擊為主的梅普露來說，是萬萬碰不得。

「對、對不起喔，莎莉！好像不能被這個打中！」

「ＯＫ～！啊，我也沒時間說話了！」

莎莉這邊也不輕鬆，只能在閃過四條手臂和反擊之後才能接近，被迫使用傷害低的魔法攻擊。

「呼！大隻的、真的比較、強耶！」

儘管如此，莎莉依然抓準能夠迴避的時機斬出匕首。

現在怎麼也不能被魔王擊中。

即使莎莉持續製造傷害，流星還是都往梅普露飛去，光躲就快忙不過來的梅普露無法停留在莎莉頭上。

「這是從下面來的！」

莎莉迅速脫離出現在正下方的魔法陣，順手在魔王身上砍幾刀並繞到背後。

想補充【星之力】時，咆哮聲再度響徹四方，黑炎包住了星形平台。

「！糟糕……！」

「糖漿，【大自然】！」

遠處傳來叫喊後，一條巨大藤蔓往莎莉伸來。

莎莉立刻明白藤蔓的用意，躲開背後襲來的手臂跑上藤蔓，回到梅普露身邊。

「謝啦，得救了！」

「嘿嘿嘿，不客氣！」

莎莉HP低，不能強行承受傷害來補充【星之力】。

「如果妳都能像剛才那樣放招，【沉重身軀】那些很快就練熟嘍？」

「剛那是我都在看妳，所以才來得及放啦～」

「在平台復原之前就靠妳啦。」

「沒問題！那妳要幫我補血喔。」

「知道了，也只有這種時候用得到嘛～」

一旦進入【獻身慈愛】的範圍內，只要梅普露還活著，莎莉就不會有危險。

在糖漿背上等了一會兒後，平台終於恢復原狀。

「他又叫的話我會再救妳，攻擊就交給妳了！我的【機械神】和【毒龍】都不能用了。」

「看我的。其實能打又能防實在太誇張，這樣才正常。」

莎莉跳到平台上，帶著光輝轉向魔王。

「還有第十層要打，希望能一次打倒他！」

不想重頭來過的莎莉使勁蹬腿，躍上空中。

梅普露在她頭頂上，讓她能忽視魔王的攻擊拚命削血。

無法中途取消動作而無法閃避反擊的連續攻擊技能也照用不誤。

「這種招的威力比較猛！」

動作遲緩的巨大魔王，躲不過雙匕首的連擊。

對於不必擔心平台損毀的兩人而言，行為模式的變化並不致命。

「【三連斬】！」

「【流滲的混沌】！」

最後兩人的攻擊同時打在魔王身上，將ＨＰ削減為零。只見魔王全身發白，四射光芒後爆散消失。

梅普露降低高度，將莎莉接上糖漿。

「再來只剩第十層了！」

「辛苦啦。今天就到這裡嗎？」

「嗯，第十層魔王很強的樣子……我想補滿技能再打。」

「也是。那下次就以一次過關為目標！」

「嗯！加油～！」

面對就在眼前的最終決戰，兩人要做好萬全準備。

821名稱：無名巨劍手
這邊該有人破關了吧？
聽說【聖劍集結】已經破了。

822名稱：無名長槍手
我這邊正在打第九層。
因為樓層設計的關係，近戰需要弄一些提升【AGI】的裝備，所以停在這裡。

823名稱：無名魔法師
大家都打好快喔……我還在打第六層的王。
那種人海戰術好難搞，

只差一點點就能贏了說……

824名稱：無名塔盾手
聽說他們是四個人打，真夠厲害。
【聖劍集結】已經破啦？
我們是被第十層魔王打回來，
能躲過我們主要火力的王真的很難打。

825名稱：無名弓箭手
梅普露她們打到哪裡啦？

826名稱：無名塔盾手
她們好像也打到第十層嘍。
而且之前都沒被怪物扣過血的樣子。

827名稱：無名巨劍手
還是一樣誇張。

828名稱：無名長槍手
還滿多穿透攻擊的耶，
技術變好啦？

829名稱：無名弓箭手
梅普露的弱點又少了一個嗎。

830名稱：無名塔盾手
不過她還是有受過地形傷害，
第三層岩漿看得太入迷，腳就被烤焦了。

831名稱：無名魔法師
知道她這部分還是沒變，我就安心了。

832名稱：無名巨劍手
塔裡的場景一直變來變去，還滿好玩的。

如果有梅普露那樣可以慢慢觀光的防禦力，應該會更有意思吧。

８３３名稱：無名長槍手
地形才是這座塔的ＭＶＰ嗎……

８３４名稱：無名弓箭手
總不能每個魔王都放一堆穿透技嘛，
不過那樣好像也幹不掉她。

８３５名稱：無名魔法師
要想打倒梅普露，就只能先準備美麗的景色讓她看傻，再從背後用穿透攻擊一招打死吧。

８３６名稱：無名長槍手
莎莉在她旁邊就沒機會了。

８３７名稱：無名塔盾手

她們組雙人團能打到第十層就夠厲害了，
一般人在第一層就會被打成豬頭降難度。

838名稱：無名弓箭手
她們剛好能互補吧。
判斷狀況這種事梅普露還有得練的樣子，
莎莉躲不掉的攻擊，梅普露可以用防禦領域擋掉。

839名稱：無名巨劍手
感覺梅普露自己一個應該打不過第六層魔王。
這樣想的話，其實她做不到的事還滿多的嘛。

840名稱：無名魔法師
感覺上什麼都行，不過技能其實不好駕馭，有些大家都會的事她反而不行呢。

841名稱：無名塔盾手
但是下次再見到她時會變怎樣就不知道了。

842名稱：無名長槍手
就是啊。

843名稱：無名弓箭手
現在在野外看到不認識的東西，都會覺得是梅普露。

844名稱：無名巨劍手
我懂。
結果真的是魔王怪。

845名稱：無名塔盾手
因為她不一定是人形嘛。

846名稱：無名魔法師
讓我們祝福她們成功攻破第十層吧。
希望能拿到新技能。

847名稱：無名巨劍手
第十層魔王實在很強呢～

對自己受人祝福渾然不覺的梅普露和莎莉，終於要前進第十層。

第九章　防禦特化與高塔第十層

隔天，莎莉和梅普露在所有技能都能用之後來到塔前。

「今天我們要攻頂喔！」

「那當然。活動只剩沒幾天了，我們也不是全天都能保持最高戰力呢。」

梅普露的技能大多是每天有限次數。

不適合在一日內重複挑戰強力怪物。

「那我們往第九層出發！」

兩人回到第九層，在往上的魔法陣前做最後檢查。莎莉的火力來源【劍舞】已經疊到最高，也跟伊茲補充了「禁藥種子」，有限次數的技能也都在可用狀態。由於不曉得會有什麼敵人，這次梅普露是看情況再啟用【獻身慈愛】。

兩人終於踏上第十層。

眼前光輝淡去，景物逐漸鮮明。

見到的不是過去那樣的地城景象，而是有陽光照射的石質穹頂圓形大廳。沒有其他通道，只有個人立於中央，一身銀色重裝甲在陽光下閃閃發光。樸素盔甲幾乎沒有裝飾，手上的劍造型也不奇特。

「感覺好普通喔……？」

「不知道耶，他們六個都打不贏了。」

對方戴全罩式頭盔，看不見表情，但仍表現出明確敵意，揚起歷經百戰的鐵劍衝向她們。

「來嘍。」

「嗯！」

梅普露舉盾時，魔王猛然加速逼近。

她急忙將盾牌對準魔王，但魔王忽一閃身繞到側面砍中了她。

「哇！」

「梅普露！」

梅普露磅地一聲飛走，撞上牆而激起煙塵。

莎莉還來不及看剩多少ＨＰ，魔王已朝她砍來。

「！……呼！」

她以間髮之隔躲過劍勢，揮刀反擊。

但魔王以劍彈開，幾乎沒造成傷害。

「唔……！」

莎莉不甘示弱地彈開劍，暫時後退。

然而魔王不停逼近，配合向後跳步的莎莉再次揮劍。

「【衝鋒掩護】！【掩護】！」

梅普露在這時介入兩人之間，以【暴食】吞噬魔王的劍，刨過他的身體。

「讚啦！」

莎莉趁隙跳出梅普露背後，連刺魔王腹側再繞到背後。

但魔王不予理會般往梅普露側面繞，從沒有塔盾的位置高速連擊。

「【全武裝啟動】！【開始攻擊】！」

梅普露也立刻啟動武器，反擊猛襲的魔王。

魔王的ＨＰ節節下降，但沒有因此停止腳步。

逼近到試圖以連射阻止他的梅普露面前後，他的鎧甲忽然噴出火光，人也消失不見。

「咦！」

「梅普露！背後！」

梅普露隨莎莉的警告而回頭，只見劍刃從正上方直線劈來，在她倉皇舉起的「闇夜

倒影」上擊出衝擊波，並將其斬成兩半。

且魔王的攻勢猶未停息，上挑下劈再突刺的三連擊搗毀梅普露的武器擊中了她，使她ＨＰ遽降。

從傷害明顯能看出若全部擊中肯定會趴。

「唔唔……！」

「梅普露，過來……！」

莎莉急忙射出絲線強行拉來梅普露，後續攻擊揮空的魔王舉起劍來注視她們。

「【治療術】！」

「嗚嗚，謝謝……結果還是受傷了。」

「那也是沒辦法的事啦，但還是能拚一次通關！」

「嗯！我會加油的！」

「我先來降魔王的速度，妳不要被他打到喔！」

面對攻防都沒有破綻的魔王，莎莉幾乎沒有反擊的機會。若是一對一，情況肯定會愈來愈不利，必須讓梅普露幫忙製造傷害才行。

莎莉主動衝向魔王縮短距離，以兩把匕首卸轉砍下的劍。

「朧，【甦醒】【幽炎】！【大海】！【古代之海】！」

朧射出蒼白火焰，莎莉噴湧海水侵蝕魔王。每個技能的效果都能顯著降低目標的

【ＡＧＩ】，【古代之海】所產生的浮魚也會灑出降【ＡＧＩ】的水。

就莎莉的判斷，即使魔王的動作遲鈍了，也頂多是能與他對等戰鬥而已。

「唔！」

莎莉蹲下躲過橫掃而失衡時，魔王擊出了三連擊。

莎莉睜大雙眼，想躲卻遭三連擊斬過。

但莎莉身影忽然消失不見，出現在魔王背後。

「【二連斬】！」

莎莉沒放過好不容易製造的機會，打出有威力的攻擊技能再退回梅普露身邊。

「要是沒用【幻影】……就被砍中了。」

「……呃，我用【獻身慈愛】保護妳！」

「可是這樣的話——」

「沒關係啦！其實我很不想受傷……可是這時候怎麼能不保護妳呢！而且我想打贏他！」

「危險的時候要解除喔？」

「收到～！」

梅普露發動【獻身慈愛】和【天王寶座】，並對莎莉使用【鼓舞】提升能力。

「在模式變化以前，不能讓妳浪費技能。」

「加油喔，莎莉！」

「嗯，看我的。」

莎莉再度面對魔王，在對方衝過來時刺出匕首。若不閃躲，攻擊就不會遭到抵擋，能夠刺中魔王。

她要捨棄迴避，盡可能傷害魔王。

「唔……唔唔唔！【冥想】！」

直接承擔傷害的梅普露即使有【天王寶座】的減傷效果，也被砍掉了三成ＨＰ。

梅普露接著用補血技能和藥水維持血量。

「給妳的負擔，我一定會砍回來！」

魔王退，莎莉就上前攻擊。梅普露並沒有受到直接攻擊，來得及喝藥水與治療。

在這樣的情況下，莎莉可以不顧一切地攻擊平時不能正面對砍的對手。

「【三連斬】！」

魔王的三連擊斬過莎莉的身體，莎莉的連斬也在魔王身上激起劇烈的傷害特效。

「都這麼拚命了才打掉兩成？」

「我沒問題！伊茲姊的藥水還剩很多！」

「唔……動作明明很單純啊！」

魔王單純的連擊、快速追擊和旋繞都看不出特殊機制，只以單純的暴力強壓。

想到再過不久行動模式會變得更複雜，莎莉可沒有保留的份。

「我是把火力撐到最大才來的耶！」

匕首纏繞【劍舞】效果疊滿的藍色靈光，與長劍激出火花。

莎莉放魔法牽制，但魔王像莎莉那樣敏捷閃過。

「……梅普露的【毒龍】也不行吧。」

莎莉不停思索該怎麼在行動模式變換前多打些傷害。梅普露的攻擊幾乎是一次性傷害，被躲開傷害就會驟減。

而且當魔王火力增強後，便不能再用現在的戰術。

「呼……朧，【影分身】！」

莎莉以分身圍攻，然而魔王的劍隨之應變地一閃，以迴旋斬一次掃光所有分身。莎莉躲是躲過了，但表情很凝重。她正將有效與無效的技能在腦中一個個區分開，與梅普露的技能互相搭配，思考戰術。

「好。梅普露，我想到可以有效傷害他的戰術了，妳聽清楚！說完以後我會先砍到行動模式改變為止！」

「知道了！」

莎莉一邊應付魔王，一邊對梅普露講述戰術，梅普露也努力將所需技能與時機背下來。

「ＯＫ～！沒問題了！」

「好，【三連斬】！」

莎莉的匕首持續削減對方ＨＰ，在剩下七成時，其行為模式出現變化。

魔王大揮一劍，與莎莉保持距離，然後一手扶上劍身，劍身開始噴出火焰，熊熊燃燒起來。

「梅普露，我觀察一下，有事的時候妳專心補血！」

「嗯，我會的！」

魔王揮劍向前射出炎刃，再往莎莉直衝。

莎莉避開火焰，以匕首抵擋劍鋒，梅普露的鎧甲隨之濺起火焰，ＨＰ下降。

「唔……！」

「打到也會燒嗎……！」

莎莉不再抵擋攻擊，改成盡量躲避，不讓梅普露再多受傷。魔王的攻擊全都附加火焰傷害，若躲得太接近會被隨後而來的火焰燒中，不拉開距離很難無傷。

「破綻真的是愈來愈少了……」

拉開距離了，換炎刃連續射來，所以梅普露不叫出糖漿。莎莉見到魔王的動作變化不多，對梅普露下指示：

「好，梅普露！要開打嘍！」

「知道了！」

梅普露趁莎莉的攻勢吸引魔王注意時啟動武器，藉自爆瞬時逼近。

「【凍結大地】！」

以梅普露為中心的地面啪嘰啪嘰地凍結，擴散到魔王踏地的腳，停止其動作三秒鐘。

「【猛力攻擊】！」

「【毒龍】！【流滲的混沌】！【獵食者】！」

她們把握這三秒猛放破綻大或容易閃避的攻擊。【獵食者】的啃咬雖將魔王的能力值降得更低，三秒還是很短，他很快又恢復動作。

兩人想退開的那一刻，魔王將劍向地一刺。

同時一道巨大紅色魔法陣以他為中心擴散開來。

「糟糕……！」

「【暴虐】！」

梅普露喊招式的同時，地面噴發巨大火柱。

烈焰止息時，莎莉雖是平安無事，【暴虐】卻在她面前崩解。莎莉抱起往她滾下來的梅普露，與魔王拉開距離。魔王的大招有僵直時間，但兩人無力上前攻擊。

「好、好險喔……」

「對不起喔，沒想到他有藏這種招。」

「一口氣打太多好像會很危險？【暴虐】沒有了……」

「解除【獻身慈愛】吧。要是再有範圍攻擊，妳還來不及補血就會被幹掉了。」

「嗯，要努力閃喔！」

「看我的，我只有這個強嘛。」

梅普露重新啟動武器，舉起塔盾。莎莉也握緊匕首再度集中精神。

「走嘍，梅普露。【幻影世界】！」

「【開始攻擊】！」

梅普露一分為三，對魔王灌注洪水般的子彈砲彈。她與魔王有段距離，對方用來消滅分身的攻擊打不中她，就改為在前方製造火牆抵擋梅普露的掃射。

「唔唔，快點破啦！」

上天似乎聽見了梅普露的祈禱，火牆隨之消失，然而魔王也往斜上方跳開躲避砲火，撲向梅普露。

「【抵禦穿透】！」

梅普露為了盡可能多賺點傷害向上舉砲，並舉盾等他自撞【暴食】。火勢增強的劍有如巨大火柱，將梅普露連同分身一起斬過。

火焰造成的持續傷害無法以【抵禦穿透】抵擋，但至少消除了劍的傷害，總算是撐過這一擊。

梅普露無懼於分身消失，掃出塔盾從他肩膀抹到軀幹，鎧甲劇烈噴濺傷害特效。

「再一次！」

二度揮掃的塔盾遭到炎刃彈開，魔王更順勢撞來，梅普露無法完整應付。

儘管如此，她卻露出對方中計的笑容。

「莎莉！」

「【四連斬】！」

莎莉趁梅普露射擊時悄悄後退，藉朧的【瞬影】隱形後完全擺脫魔王的注意力，一直在他背後等待攻擊時機。

將禁藥種子用至極限的莎莉使出她最強的連續攻擊，搭配上【追刃】的補刀效果，一手十刀的二十連擊全都刺在毫無防備的魔王背上，讓魔王停下揮向梅普露的劍。魔王的優先行動因遭受重創而改變，向地刺劍。

先前差點要焚滅她們的業火魔法陣再度展開。

「【快速換裝】！」

「【治療術】！」

「【神盾】！」

莎莉替梅普露補血，梅普露也即刻更換裝備，並張開能消除所有傷害的光輝圓罩。

以大招防大招，即死級攻擊就用絕對的防禦壓過去。圓罩外火焰風暴轟轟作響。

「機會來了！」

「嗯！」

兩人不放過對方這次的僵直，一個開火一個連刺，將其ＨＰ扣到剩約三成。

這時魔王忽然放出衝擊波。沒有傷害，只是推開她們。

莎莉立刻返回梅普露身旁替她補血，觀察魔王。

梅普露換回原來裝備，並叫出糖漿確保攻擊力。

「很成功耶！」

「打死之前都不能大意喔。」

兩人眼前，魔王刺於地面的劍迸出火焰。地面因而破裂，湧出數道火柱，使場地霎時變樣。熊熊烈火照亮牆與天花板，鎧甲縫隙間也湧出火焰。

其背後還飄出五把火焰劍，火勢更甚以往。

「……重頭戲要來了呢。」

「我不會輸的！」

魔王的型態變化似乎到此為止，他擺出攻擊架勢，背後五把飛劍指向她們高速飛來，不過動作比【炎帝之國】辛恩的【崩劍】單純，莎莉判讀軌道而輕鬆閃避，梅普露也因為曾經見過而匆忙躲開。

唯一的不同點，在於它們各自拖出了一整條火焰軌跡。軌跡雖單純，但會限制她們的行動範圍。

「不要用【衝鋒掩護】嘍，現在傷害兩倍很痛！」

「嗯，知道了！」

兩人躲過所有火焰劍後，劍在空中稍停片刻又往她們指去。而且空中的火焰軌跡仍留在原處，她們還見到站在房間中央的魔王背後又飄出五把劍，看得眼睛都睜大了。

「還有喔！」

「梅普露，速戰速決！」

「好、好的！」

拖久了只會使狀況惡化，兩人便接近魔王。

「【嘲諷】！……我會想辦法擋住他！莎莉妳快打！」

「知道了，拜託妳嘍！」

在十把飛劍追逐梅普露時，莎莉獨自向魔王前進。

「糖漿，【城牆】！」

幾道牆圍著梅普露升起，在毀壞之前擋下了幾把劍。梅普露不管消耗【暴食】用盾抵擋，但還是有三把刺中了她，ＨＰ降至一半，糖漿則遭到直擊不幸陣亡。

「唔唔……加油啊，莎莉！」

「朧，【影分身】！【風刃術】！」

莎莉以魔法迫使魔王防禦，用【影分身】引誘他揮劍。

「只要知道會怎麼行動……！」

以不堪一擊的分身為誘餌接近魔王後，更快的一劍卻將她斬成兩段。

但那身影憑空消失，魔王身上迸出傷害特效。

莎莉利用【幻影】設置雙重陷阱，從背後攻擊。

不再受到陷阱誘導的魔王向莎莉揮出火焰劍。

「【超加速】！趕上、了！」

莎莉加快速度，驚險躲開這一劍，翻滾著遠離。

「【流滲的混沌】！」

梅普露使用大招，讓魔王不再追擊莎莉並再度開火。

幾砲命中魔王而減少一些ＨＰ，但不至於擊倒他。

這當中，空中又多了五把劍。

「吐血耶！」

「唔唔，只差一點了！」

剩下那麼地少，卻又那麼遙遠。梅普露也受了不小的傷，狀況不妙。

「！這下……」

莎莉見到飛天火焰劍和魔王都朝她來，冷靜地判斷現況。

無論怎麼躲，都會有兩把劍擊中她。

「要盡可能降低傷害……！」

才這麼想，有個東西在一陣爆炸聲後衝到她眼前。

是梅普露。她不知硬扛了多少火焰劍，舉著三面盾牌散落一身傷害特效而來。

「莎莉！補血！」

「【治療術】！」

即使用上三面塔盾防禦，梅普露身上仍不停跳出火焰傷害，多虧有莎莉治療才能以最後一點點ＨＰ撐過去。

「【凍結大地】！」

梅普露在魔王砍中她之際再度停止其動作。

看見魔王剩下兩成ＨＰ後，她發動了絕招。

「【核心鎔燬】！」

紅色球體飛出梅普露胸口，啪嘰啪嘰地響。

距離超強力自爆攻擊還有五秒。

莎莉為了不讓魔王逃跑，在周圍設下【冰柱】和【沙牆術】。平時躲得過的攻擊，在這種狀況下是必中無疑。

梅普露的技能在魔王避開前發動，光柱在轟然巨響中直沖穹頂。魔王的ＨＰ猛然減少，而梅普露的ＨＰ因【不屈衛士】發動而剩下一。

當白光消失。

魔王還剩一絲絲ＨＰ，依然健在。

「！」

在梅普露錯愕時，地面張開了比先前更大的魔法陣。

「怎、怎麼……哇！」

腦袋一片空白的梅普露，被奔上天空的莎莉用絲拉起。

莎莉火速將梅普露扔上天空，再用【衝擊拳】打得更高。

緊接著，業火從腳下噴起。

莎莉在空中設置踏點一蹬，投身於業火之中。

「……！」

【金蟬脫殼】發動，消除所受傷害，進一步加快莎莉的速度。

她在業火燒到梅普露之前衝過火焰，以兩把匕首劃過魔王的頸項。火焰瞬時止息，魔王在餘火中頹然倒下。

「幸好妳幫我擋……趕上了。」

莎莉收起匕首，雙手接住掉下來的梅普露。

「……呼。」

「……嘿嘿嘿。」

「「打贏了！」」

筋疲力竭的兩人癱坐著相視而笑，開心擊掌。

進入魔法陣離開高塔後，她們收到官方的賀文和獎品。打完所有樓層，各獲得銀幣五枚。

「加上公會戰的就十枚了。」

「趕快來選吧。」

「對呀，說不定有新技能喔。」

「那選好以後，我們在【公會基地】碰面喔。」

「ＯＫ……第五階喔，不要去第六階。」

「……嗯。」

兩人各使用十枚銀幣，傳送到選擇技能與道具的空間。

一段時間後，莎莉來到【公會基地】。梅普露已經選完，坐在沙發上等。

「嗯？梅普露，妳選好啦？」

「一開始也不知道要選什麼，最後還是挑了個最好懂的。」

「也是啦，我的方向也固定了。」

「嘿嘿嘿，我選的是這個！」

梅普露將自己的技能現給莎莉看。

> **【不壞之盾】**
> 三十秒內傷害減半。
> 每三分鐘能使用一次。

「原來如此，最後妳受了很多傷嘛。」

「如果有完全減傷的就好了……」

「有聽說我再告訴妳。我是選【操水術】，也就是操縱水的技能。」

「跟水魔法……不一樣嗎？」

【操水術】
操縱水的技能，分I～X級。升級時將獲得新技能。

「這是可以提升等級的那種，說不定會給好玩的技能喔，這樣也方便我把水弄到我要的位置冰起來踩。先前我只有從地面往前噴水的技能。」

「會變成怎樣啊，好期待喔。」

說著說著，其餘六人似乎是發現她們在第五階基地，也都來了。

看到她們疲憊卻愉快的表情，便猜到了原因。

「喔！梅普露、莎莉！我們打贏第十層嘍！」

克羅姆笑嘻嘻地說。

「呵呵，我們也是喔。」

「好不容易一次過關了！」

「喔喔！太厲害了。魔王很強吧？」

「被燒得好慘喔！」

「被妳們超越啦，真可惜。」

「妳們選什麼技能？」

兩人講解她們新拿到的技能，而其他六人則因為第七階地區即將開放，要等上去以後再決定。

「那下次就大家一起打第六階魔王，到第七階去吧！」

「……梅、梅普露，我要用塔裡那時候那樣……」

第六階地區整個都是鬼怪主題，魔王是什麼樣可想而知，怎麼也不是莎莉打得動的對手。換言之，她又得全程被【暴虐】狀態的梅普露含在嘴裡了。

「嗯，沒問題！到第七階以後再一起探險吧！」

「全部一起上啊～這樣就輕鬆一點了。」

「我們會加油的！」

「……我會加油的！」

所有人都達成了活動目標，接下來要往第七階邁進。

尾聲

過了幾天，伺服器更新第七階地區。

梅普露等人相約盡快上線，攻略第六階通往第七階的地城。八人在第六階【公會基地】集合，先了解魔王的能力後正式往地城出發。

「……那個，莎莉她沒事吧？」

霞眼中的莎莉倒在沙發上，從裹住腦袋的圍巾縫隙間露出一點點死人臉。

「平常都那麼厲害的樣子。」

「只能早點幫她打完了吧。」

八人來到野外後，梅普露立刻發動【暴虐】。

「來吧，莎莉？」

「嗯，拜託了……」

見到梅普露大嘴一張，讓莎莉坐進去，其他成員都是一臉複雜的表情，不過莎莉的心意已決。

「比起幫不上忙還在一邊抖，這樣好多了……」

莎莉就這麼被關進嘴裡。

既然如此，那就速戰速決。六人騎上梅普露的背，快速奔過充滿不死怪物的野外和地城。

在【大楓樹】完整戰力面前，沒有苦戰二字。

一行人摧枯拉朽地來到魔王房前，再來還更加簡單。

「有屬性傷害才打得到，都先用這個喔。」

「今天抽到不錯的強化技能呢。」

「我照舊來麻痺吧。」

他們一如既往地全力在結衣和麻衣身上堆滿強化效果，讓梅普露用【獻身慈愛】帶她們過去，將敵人麻痺就行了。

「隨時可以開始了！」

「嗯……看我們的。」

「為了莎莉，要趕快結束！」

推開魔王房門，見到的是巨大的幽靈。黑漆漆的眼窩流出黑漆漆的淚，半透明的長臂低低下垂。底下有大片黑暗，準備對梅普露他們使出魔法攻擊。那怨氣深重的樣子，在一般地區的確是強力魔王才有，但仍不是突破高塔的八減一人的對手。

真正恐怖的反而是他們這邊。

「麻痺上去嘍！」

霞砍到王中麻痺效果後，梅普露背著結衣和麻衣跑過去放下她們。

「「我們走！」」

強力打擊一鎚鎚地砸在無法動彈的魔王身上。

這種地方沒有耐得住這種攻擊的魔王，【大楓樹】踏入魔王房不到一分鐘，巨大幽靈就爆散了。

「材料都撿好了。」

「那我們往上走嘍……話說，莎莉真的沒問題嗎？」

在下一階地區前，梅普露在眾人關心的視線中張嘴放出莎莉，解除【暴虐】。

「還好嗎？」

「我再也不會來第六階了……」

莎莉站起來，忐忑地前往就在眼前的下一階入口。

「氣氛應該是不一樣啦？」

「也對……好！快走快走……！」

莎莉下定決心，和所有人一起查看下一階地區的景色。

見到的是寬闊的大地與自然景觀，以及馳騁其上的多種怪物。

這裡是怪物所居住的地區，其中有願意親近人類的物種。

也就是可以將怪物收為夥伴的階層。

「莎莉，這裡……可以找到糖漿那樣的夥伴對不對！」

「嗯嗯，大家會想挑什麼樣的夥伴呢？」

「要先調查有什麼怪物再說吧！好像很好玩耶！」

眾人各自滿懷期待，踏進了第七階地區。

後記

一時興起而捧起第七集的讀者，幸會。一路看到這裡的讀者，請接受我無比的感謝。大家好，我是夕蜜柑。

時光飛逝，已經第七集了呢。中間還相繼漫畫化、動畫化，驚奇的事一件接一件地發生。

這當中令我感慨最深的，是周圍每個人對我的照顧。我身邊都是能體諒我，將漫畫和小說做得更好的人，真的令人感激不盡。

因此，我要藉機宣傳一下。在八月，小說第七集和漫畫第二集都要上市。漫畫裡有小說看不到的細緻表情變化，以及兩人探險時的氛圍，相信每一格都能看得很盡興，懇請大家連小說第七集一起帶回家！

能夠在各種媒體以各種形式讓人們看到這部作品，真的是沒有什麼事情可以比這個更讓我高興的了。

大家的支持當然也是不可或缺，我會努力滿足大家的盼望。

期待我們在未來的第八集再會！

夕蜜柑

奇諾の旅 I~XXII 待續

作者：時雨沢惠一　插畫：黑星紅白

空無一人的國家卻有大批白骨在巨蛋裡!?
銷售高達820萬本的輕小說界不朽名作！

奇諾與漢密斯在沒有任何人的市區中行駛，接著他們在國家的南方發現了一座巨蛋。在昏暗的巨蛋中，有一片廣大且平坦的石地板，而在那地板上隨意散落的，則是各式各樣的白骨。陰暗中，骨頭簡直就像是散落且鑲嵌於四處的寶石一般發著光……

各 **NT$180~260/HK$50~78**

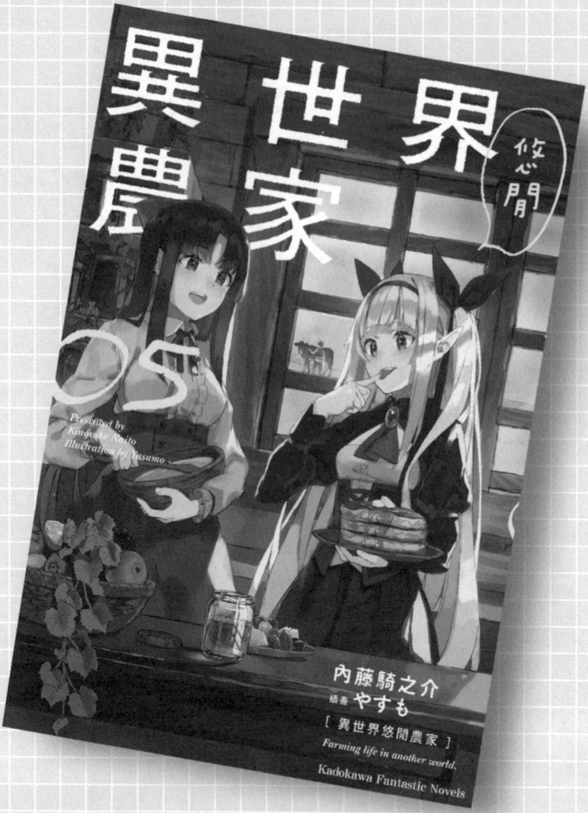

異世界悠閒農家 1~5 待續

作者：內藤騎之介　插畫：やすも

天空之城突然對大樹村宣戰！
火樂與大樹村發生重大危機！

大樹村上空突然出現一座飛天城堡——「太陽城」，一名背上帶有蝙蝠翅膀的男子占領村子，並向火樂等人宣戰。火樂一如往常使用「萬能農具」解決了危機；然而，真正的危機現在才要開始！為了壓制「太陽城」，大樹村召集精銳，開始發動總攻擊！

各 **NT$280~300/HK$90~100**

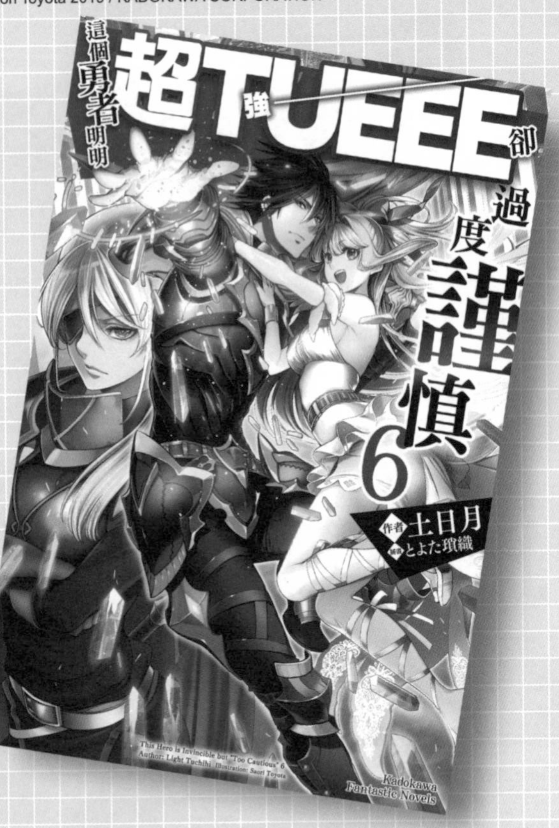

這個勇者明明超TUEEE卻過度謹慎 1~6 待續

作者：土日月　插畫：とよた瑣織

女神莉絲妲和謹慎到病入膏肓的勇者聖哉，
將挑戰拯救扭曲世界！

　　神界在某個神的來襲中崩毀！昏迷的莉絲妲醒來，發現自己竟身在她曾拯救過的「蓋亞布蘭德」。雖然莉絲妲陷入混亂，還是為了拯救扭曲的世界召喚了聖哉。然而，這次進行修練的地方竟然是——冥界！

各 **NT$200~220/HK$67~75**

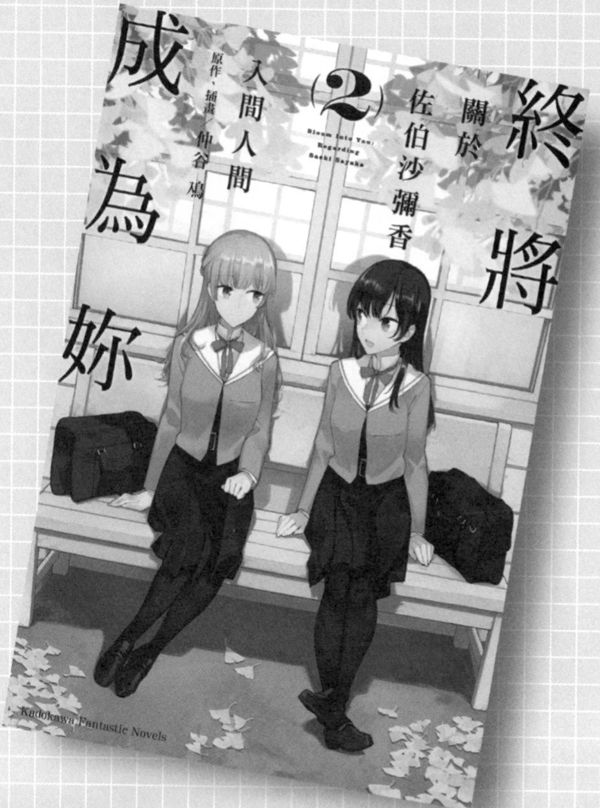

終將成為妳 關於佐伯沙彌香 1~2 待續

Kadokawa Fantastic Novels

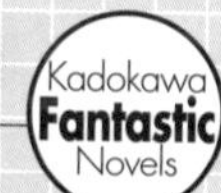

作者：入間人間　插畫：仲谷 鳰

因為等待太久、因為太過害怕，
而無法向前一步的沙彌香迷惘、後悔、失去——

因為國中時代慘痛的失戀，讓沙彌香下定決心不要再喜歡上別人了。但是在高中入學典禮第一次見到七海燈子身影的瞬間，卻無法自拔地受到燈子吸引。因為與「她」相遇，所以明白了什麼叫作喜歡上一個人。

各 **NT$200/HK$67**

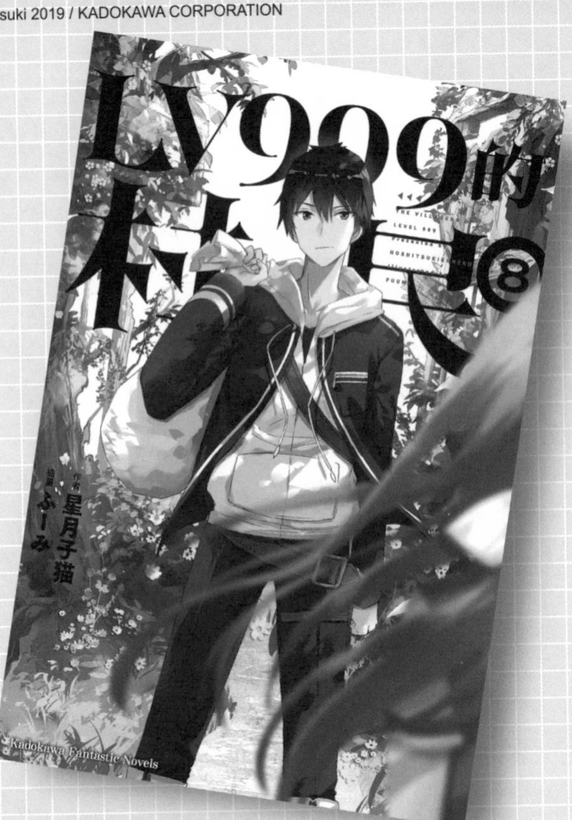

LV999的村民 1~8（完）

作者：星月子猫　插畫：ふーみ

LV999的村民最後到達的境界——
拯救所有世界，打敗迪米斯吧！

鏡被迪米斯轟得無影無蹤，眾人心中只剩下絕望。但是他們並沒有放棄……因為不放棄就是在絕望之中找到希望的唯一方法！毀滅的時刻正步步進逼，爬升到等級極限的普通村民，將會拯救所有絕望的世界！

各 **NT$250~280/HK$78~93**

叛亂機械 1~2 待續

作者：ミサキナギ　插畫：れい亜

吸血鬼公主與機關騎士展開行動，
正義與反抗的戰鬥奇幻故事第二集！

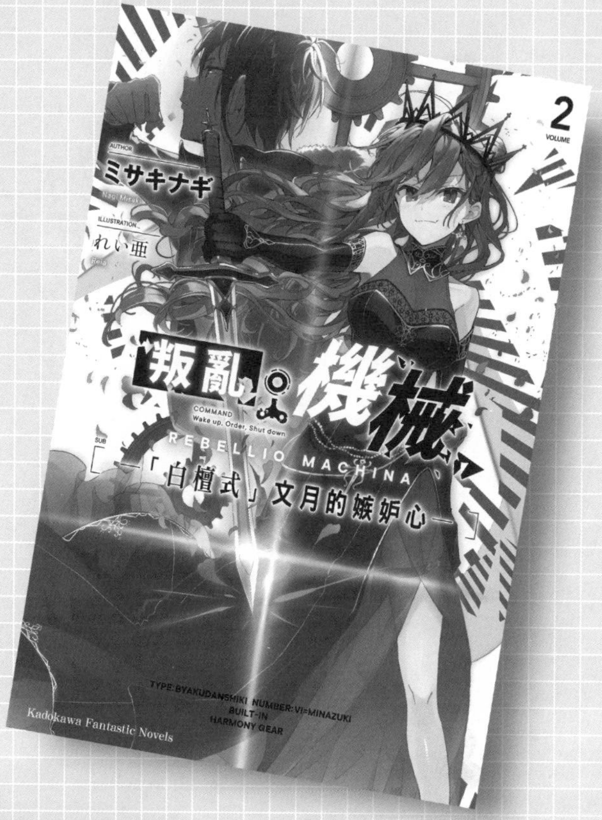

吸血鬼革命軍的屠殺恐怖動亂後過了三週，排除吸血鬼運動的聲勢在國內迅速增長。水無月等人開始調查先前與睦月戰鬥後揭曉的「白檀式」的人工頭腦中之所以有「吸血鬼腦」的真相。然而，全球最大的自動人偶廠商CEO卻突然出現在他們面前……

各 **NT$220/HK$73**

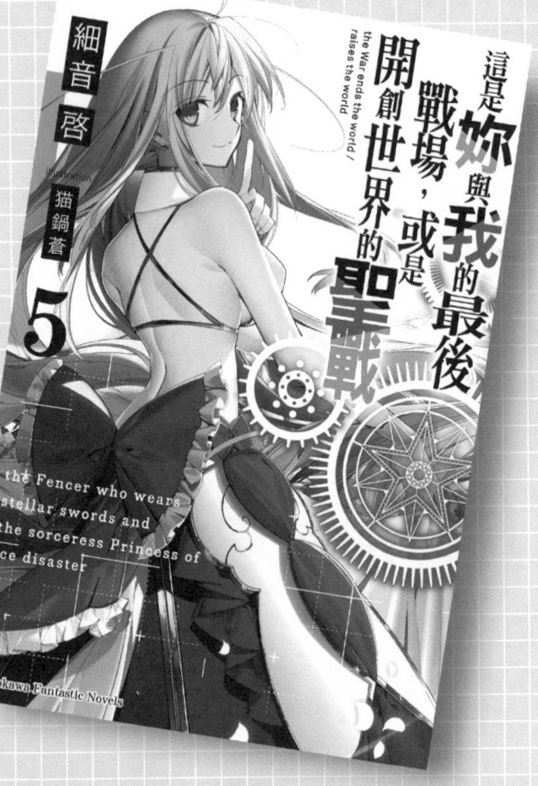

這是妳與我的最後戰場，或是開創世界的聖戰 1~5 待續

作者：細音 啓　插畫：貓鍋蒼

伊思卡不得不擔任希絲蓓爾的護衛；
而看到兩人走在一起，愛麗絲莉潔不禁慌亂了起來！

為了搶在其他勢力之前護住妹妹的人身安全，愛麗絲莉潔展開搜索，卻目擊到伊思卡和妹妹挽手漫步的場景……在姊妹錯綜複雜的思緒糾葛中，伊思卡和企圖狙殺希絲蓓爾的皇廳怪物展開對峙。面對首次交手的「真正魔女」，劍士憤怒地拔劍出鞘！

各 **NT$220~240/HK$73~80**

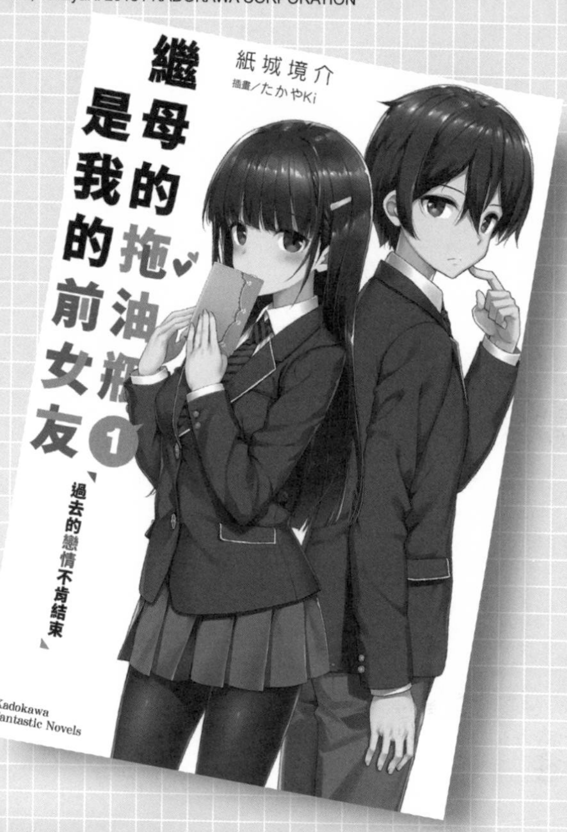

繼母的拖油瓶是我的前女友 1 待續

作者：紙城境介　插畫：たかやKi

在一個屋簷下展開的，
甜蜜卻又讓人焦急喊救命的戀愛喜劇！

即將升上高中的水斗與結女才剛分手，馬上以意想不到的形式重逢——爸媽再婚對象的拖油瓶，居然是前任！前情侶顧慮到爸媽的心情，說好了必須遵守「誰把對方看成異性就算輸」的「兄弟姊妹規定」，然而同住一個屋簷下，無法不注意對方的一舉一動!?

NT$220/HK$73

國家圖書館出版品預行編目資料

怕痛的我,把防禦力點滿就對了 / 夕蜜柑作 ; 吳
松諺譯. -- 初版. -- 臺北市 : 臺灣角川, 2020.01-
冊 ; 公分. -- (Kadokawa fantastic novels)
譯自 : 痛いのは嫌なので防御力に極振りしたいと思います。
ISBN 978-957-743-499-9(第5冊 : 平裝). --
ISBN 978-957-743-692-4(第6冊 : 平裝). --
ISBN 978-957-743-963-5(第7冊 : 平裝)

861.57　　108019509

Kadokawa
Fantastic
Novels

怕痛的我，把防禦力點滿就對了 7

（原著名：痛いのは嫌なので防御力に極振りしたいと思います。7）

2020年9月21日　初版第1刷發行

作　者：夕蜜柑
插　畫：狐印
譯　者：吳松諺
發 行 人：岩崎剛人
總 編 輯：蔡佩芬
編　輯：黎夢萍
美術設計：黃永漢
印　務：李明修（主任）、張加恩（主任）、張凱棋
發 行 所：台灣角川股份有限公司
地　址：105台北市光復北路11巷44號5樓
電　話：（02）2747-2433
傳　真：（02）2747-2558
網　址：http://www.kadokawa.com.tw
劃撥帳戶：台灣角川股份有限公司
劃撥帳號：19487412
法律顧問：有澤法律事務所
製　版：巨茂科技印刷有限公司
ISBN：978-957-743-963-5
